著 二上圭
Futagami Kei
ill.日向あずり
Hyuga Azuri

センパイ、自宅警備員の雇用はいかがですか？

GCN文庫

「今日まで一度の連絡もなかったのよ？
それって上手くいってるってことでしょ？」
文野椛
Fumino Momiji

来宮まどか
Kinomiya Madoka
不安はわたしの
中から消えることはない。
それは正しく、最悪な形で
当たることとなった。

『今年のクリスマスは楽しみっすね』
レナ

「……そう、だな」
タマ

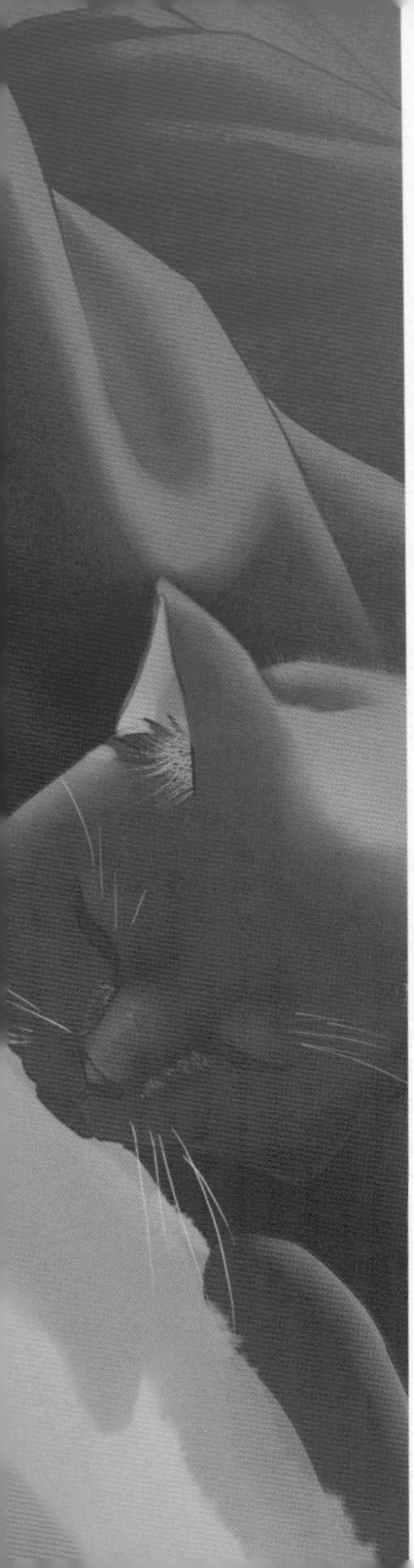

Contents

センパイ、自宅警備員の雇用はいかがですか？②

著：二上圭
イラスト：日向あずり

GCN文庫

口絵・本文イラスト／日向あずり

第一話　どうかこんなわたしと——

四十人の魂を平らげてきたホラーハウス。

取り壊しを断念されて以来、華々しい経歴と輝かしい戦歴という、素晴らしきスコアを伸ばす機会が失われてしまっていた。その代わりとして、今日までしっかり積み重ねてきていた、燦然《さんぜん》たる来歴というものがある。

いわく門壁に向かって立ちションした小僧が、原因不明の熱病に三日三晩襲われた。

いわく遊び半分で侵入した一行が、悪夢にうなされ続けた果てに気が狂ったとか。

いわくこの家屋に近いほど、その家には不和が訪れやすくなるなど。

心霊スポットの後日談。その特有の面白おかしい尾ひれが、さながらヤマタノオロチの首のごとく生やされていった。……と最初に聞かされたときは思ったのだが、それは眉唾ものではないことはすぐに知ることとなった。

なにせ近隣住民のトラブルが多すぎる。夫婦喧嘩に親子喧嘩、痴話喧嘩などなど、とにかく喧嘩三昧。屋内にいてもわかるほどに、ドッシャンガッシャンが定期的に行われている。しかも引っ越した一週間目にして、近隣トラブルで刃傷沙汰が起き、昼間から大騒ぎになったほどだ。

これだけなら民度の低い底辺地域、ただ治安が悪いで片付けられる範囲内。その燦然たる来歴、ホラーハウスが振るう猛威が本物であることは、引っ越して三ヶ月目に思い知ることとなった。

ある日、我が家に客が訪れた。それは家族親戚の類でもなければ、古きよき友人でもない。かといって仕事の関係者でもない。相手のことは赤の他人でありながらも、顔と名前くらいは知っていた。

相手はいわゆる、動画投稿サイトで身銭を稼ぐ配信者。それ一本でアルバイトくらいは稼げるようになったところで、一念発起して仕事を辞め、動画配信に専念したようだ。しかし大物になるには至らず、ここ一年の再生数は右肩下がり。順調に斜陽の道を突き進んでいた。

つまり必死なのである。名が売れるならそれで構わんと、昨今は人の迷惑を省みず炎上芸に勤《いそ》しんでいた。

そんな迷惑系動画配信者が、ホラーハウスの噂を聞きつけてやってきたのだ。

慇懃《いんぎん》無礼に中へ入れろという無礼者を、当然のようにあしらった。

人の迷惑を売りにする実質犯罪者。そんな輩《やから》と縁を持ちたがるほど、俺の頭は狂っていない。

扉を閉めた後も、奴は未練がましく敷地内で不法侵入を続けていた。この手が110番をするのに迷いなどはない。

パトカーのサイレンが近づくと、脱兎のごとく迷惑者は逃げ出した。十五分後、救急車のサイレンが近隣に鳴り響いたのであった。

以来、迷惑チャンネルに動画が増えることはなく、SNSも微動だにしていない。

そんな燦然たる来歴を日々積み重ねていく、関わるだけで悲劇をもたらすホラーハウス。

帰宅した先のリビングに現れたのは、悪霊でも怪物でも狂人でも強盗でもない。

「おかえりなさい」

我が家で雇用している、自宅警備員であった。

一閃十界《いっせんじっかい》のレナファルト。北海道よりダイナミック家出をしてきた、巨乳JK美少女。

初めて顔を合わせたときの小動物みたいにおどおどとし、終始吃《ども》っていた姿はそこにはなかった。

しっかりとこちらの顔を見据え、愛らしい微笑《ほほえ》みを浮かべて、舌が滑らかに回っていたのだ。

果たしてこれは人間的成長か。はたまた、今日まで積み上げてきた俺への信用と信頼がもたらした、この屋根の下でしか発揮できない能力か。

どちらかはわからないが、あの病的なまでのコミュ障が、ここまで至れば十分に大きな成果と言えるだろう。

「おう、ただいま」

挨拶を返すと、差し出されたその手にスーツとジャケット、鞄を引き渡す。そのまま真っ直ぐ風呂場へ。酔ったまま湯船に浸かるのは危ないので、シャワーだけで手早く汗を流した。

脱衣所には当たり前のようにタオパンパが用意されている。部屋着に着替えると、マイルームの机には水差しとコップが置かれている。二日酔い対策の蜂蜜《はちみつ》レモン水である。それをグビっと飲むことで、今日も一日頑張った、と一息つくのであった。

ここまでがすっかり習慣となった、帰宅後の金曜日の行動。

我が家の自宅警備員は家主のやることなすこと、必要な全てをお膳立てしてくれるのだ。徹底的に甘やかされてしまい、快適すぎるこの生活は、レナがいないと生きてはいけない身体に成り果てていた。

まさにレナはダメ男製造機である。

ダメ男が一息をついたところで、スマホの通知音が鳴った。

『今週もお疲れ様っす』

見計らったかのように、送られてきたメッセージ。

相手は一閃十界のレナファルト。その距離は一メートル圏内、すぐ後ろにいる。折りたたみ机の上でノートパソコンを構えて、同じ部屋から雇用主を労《ねぎら》ってきたのだ。

すぐ側にいるのだから、声をかければいいものを。とは思わない。

『まーた引っ越しのトラックが止まってたっすよ』

「最近、ドッシャンガッシャンと続いてたからな」

『夜中にパトカーまで来てうるさかったっすからね。静かになることはいいことっす』

この通り、これが一番レナらしく、ありのままの自分を出せる方法なのだ。

顔を突き合わせながら声を交わすときのレナは、年相応の大人しめな少女。その口からは何十にも歯に衣着《きぬき》せて、ようやく一言、二言が出る程度。その本心は深層で抑圧されている。

しかし画面越しでその手が動けば、一閃十界のレナファルトとして、忌憚《きたん》なき歯に衣着せろとばかりの本音が、マシンガンのように放たれる。

レナを雇用してから、たった五ヶ月。されど、もう五ヶ月も経っている。

すっかりホラーハウスの在り方にレナは慣れきっていた。頻繁に行われる近隣住民の引っ越しも、些末《さまつ》な日常の一部としか捉えていない。

まさにこの屋根の下こそが、唯一の台風の目であるかのような他人事《ひとごと》だ。むしろ新たな功績が一つ積み上がったと、喜んでいる節がある。

たとえそれが、人の不幸だとしても。

『そうだ、聞いてくださいよ。センパイ抜きで野良スクするのも飽きたんで、ソロスクで好き勝手やってたんすけど、面白い遊び方を編み出しました』

「面白い遊び方？」

レナの吃音《きつおん》症改善のために、生活に取り込んだバトルロワイヤルゲームの話なのはすぐにわかった。どうやら俺のいぬ間の日中にも、レナは興じているようだ。

矢継早に、今日の一日《せいか》が爆速タイプよりもたらされる。

『最初の降下地点に選ばれないような場所に降りるんすけど、一通り装備を漁《あさ》ったらまずは小屋に引きこもる』

『車のエンジン音が聞こえるまでは暇なんで、その間はスマホでようつべタイムっす』

『満を持して敵さんたちがやってきたら、リアルでも息を殺しながら座して待つ。バラけて周辺の装備を漁る様子に聞き耳全振り。ついに敵さんの一人が小屋に入ってきたところを、こんにちは死ねってブッＫＩＬＬっすよ』

『そのまま報復せんと集まる輩から、あーばーよーとっつぁーん、って逃げ切れたときは、もうたまんないっす』

『ねえねえ、勝負を捨ててる奴に、遊びで仲間を減らされるのはどういう気持ち？　って射幸心ドバドバっすよ』

『あ、しかも一度だけ展開が神ったんす。近くの茂みで付かず離れず伏せながら、顔真っ赤っかで探している奴らを一人ずつぶっＫＩＬＬ』

『最終的には一人で四人全員葬ったんすけど、あんときは心臓バクバクっしたね。その分、最後の死体撃ちがたまらなかったっすわ』

『そしてオープンで流れる怒声の雨あられ。なーに言ってんのか全然わかんね。ここはジパングだ、ジパング語で喋《しゃべ》りやがれ！』

『カァー！　人の不幸で飯が美味い！　自分で作ったものならなおさらっすね！　今日の夜ご飯は、珍しくおかわりしちゃいました』

　そのときのことを思い出したのだろう。背後からは「ふふっ」と、込み上がってきた可愛らしい笑声が届いた。

　犠牲者たちの前で、これが貴方《あなた》たちを弄んだ巨乳ＪＫ美少女です、とレナを見せたら一体どんな顔をするのだろうか。虫一匹殺せなそうな顔の裏にあるのは、人の不幸から蜜を吸い出し、射幸心をドバらす嗜虐心の塊であった。

「おまえはまた、すげぇ遊び方してんな」

『まさに暇を持て余した、神々の遊びっすよ。しばらくはこの方向で、遊びを模索してみるっす』

これだけのことを行い、そのときの心の内まで語り、それを神々の遊びで片付けるレナ。このゲームを集中してやるようになってから、順調に心が荒《すさ》み、人の道から外れていっている。

レナは本当に、楽しそうに日々を生き生きと過ごしている。

来たる未来から目を逸《そ》らし、現実逃避を未《いま》だに続けている。

抑圧されてきたもの全てを解放し、その蓋はもう閉じることができないほどに、その身を楽で楽しいだけの享楽に沈めているのだ。

なにせレナは人が皆等しく持つ、最後の最後の逃げ道、その一歩手前から逃げ出してきた。正しい大人の対応をすることは、レナにとって絶望でしかなかったのだ。

だからレナにこの先をどうしたいかを尋ねれば、きっと考え込むことなく、考えもなしに、このままがいいと答えるだろう。

一閃十界のレナファルトは、抑圧されてきた心の解放先であると同時に、一人の人格としてもう独立している。ただの少女としてできない決断と、思考回路を持つアバターなのだ。

俺は今日までずっと、そんなレナを受け入れ流されてきた。

レナの未来を考えず、ま、なんとかなるだろと楽観的に考えてきた。

レナがいつ爆発してもおかしくない社会の責任《リスク》である事実を、いつしか軽んじてしまうほどに。

本当はそれがとても重たいものであることを、改めて思い出すことがあったのだ。

◆

遡るは二時間前。

終業後の金曜日は、駅構内の立ち食い蕎麦《そば》屋経由、ガミの店行き。そのように動線が決まっている。

月代りも相まって、経由地店の期間限定メニューが更新されていた。ズワイガニと九条ネギのかき揚げ天。値段は一千飛んだ先に五百円硬貨を必要とするようだ。もはや立ち食い蕎麦屋で出す値段ではない。なぜ駅構内の立ち食い蕎麦屋で、そんな高級路線に走ってしまったのか。

安い早い、を売りにしている店で高級路線に走ったところで、『これだけ払ってこれか……』と肩を落としながら、帰路へ就くはめになるのは目に見えている。

実際、入店時にすれ違った先客がそのような顔をしており、期間限定メニューを見て全てを察した。券売機の前で六月の後悔を思い出しながら、この指はざる蕎麦を押したのであった。

ようやく暑さが落ち着いてきた、そんな十月の始まり。

「ほんと、ヘタレよね、タマは」

何事もなかった一週間。

週のまとめの業務報告のように、一通り伝えた先でガミは罵ってきた。

「普通ならとっくに手を出しているところじゃない」

手を出す。なにに？　そんなのは決まっている。

我が家で雇用している自宅警備員。巨乳ＪＫ美少女にだ。

それは決して暴力的な意味合いではない。けれど社会的制裁を受けるのに十分すぎるほどのルール違反。大人の欲望を子供で解消しようという、この社会が穢《けが》らわしいと断ずる蛮行である。

「遵法精神って知ってるか？」

「赤横断と一緒よ。渡るところを見られなければ、切符なんて切られないわ。なにより、現在進行形で赤横断している男に、そんなくだらないもの問われたくないわよ」

「人に寄り添う心を尊んでるんだ」

「バカね。タマにそんな素晴らしい精神、宿るわけないじゃない」

ガミは呆れたように眉をひそめた。

「そもそも本当に心に寄り添ってるなら、とっとと手を出してあげるのが情けじゃない。……あの子、タマのことを絶対に好きよ」

ガミはハッキリと、こちらの目を見据え告げてきた。

今日までの間、俺では手に入れるのを憚《はばか》られる品を、あれこれと用意し面倒を見てくれたガミ。けれど二人は一度も顔を合わせたことがない。声を交わしたこともない。ただ必要な品をメールで、レナからガミへと一方通行で送られている。それを俺が受け取り、中身を知ることなくレナへと渡しているのだ。

レナからの礼の言葉も、ガミは受け取ろうとはしていない。

基本的に、俺たちの世界にはノータッチ。引っ掻き回すどころか、介入しようとさえしてこない。

ただ面白い見世物として、話を聞いているだけである。口出しして思うような物語にしたいわけでもなければ、方向性を決定づけようとも考えていないのだろう。

だからこうして手を貸すのを、最低限に留《とど》めている。小道具を用意するだけで、観客に徹するかのように。

それでも観客としては、感想くらいは口にはしたいのだろう。それこそ金を払った観客の権利のように、動きのない展開にぶつくさ文句を垂れているのだ。

レナが俺をどう見ているか。話を聞いているだけでよくわかる、と。

これが難聴をこじらせた、鈍感系の主人公なら『なに言ってやがる』なんて一蹴するのだろう。

この耳の通りはいいし、これでも人の気持ちを正しく推し量れる。

恋愛経験などなくても、レナの好意くらいは感じ取れていた。

「ただの依存心だよ」

そしてその正体も、よくわかっていた。

その想いは、社会が示す真の恋や愛なんかでは決してない。レナにとって俺はどこまでも都合のいい相手だから、好意を抱いてくれているにすぎない。

くだらない言い訳を聞かされたかのように、ガミはつまらなそうな表情を浮かべる。

「それでもいっそ、胸元に抱え込まれたほうが向こうも安心するんじゃないの？　ずっとここにいる、大義名分を得たって」

「いつまでもずっと、ってわけにはいかんだろ」

「巣立ちでも想定しているとでも？」

「実はそうなんだ」

「返すタイミングを見失うどころか、なにも考えていないと言った男が、なに言ってるんだか」

「なにかの拍子で、里心くらいつくかもしれないだろ？　そんなときに、家出先の大人とヤっちまったなんて、いざ帰るときの負い目にしかならんだろ」

「あれから何ヶ月経ってると思ってるの？　これだけの期間男の、それも大人の家に転がり込んでるのよ。綺麗なままだなんて、誰も信じちゃくれないわ。もうとっくに、あの子の人生には瑕疵《かし》がついてるのよ」

「つまり今のレナは、訳ありのアウトレットというわけだな」

「控えめに言って、タマはカスね」

ガミは信じられないものを見るような目を向けてくる。人を食い物にしながら生きてきたガミをもってして、ここまで酷《ひど》い例えは聞いたことがないのかもしれない。

そんな人でなしから一本取れたことで、満足げにこの口端が上がった。

「ああだこうだ言ってるけど、結局責任の所在をあの子に押し付けたいだけでしょう」

処置なしと息をつきながら、ガミは両腕を組んだ。

「今のぬるま湯が気持ちよくて、いつまでも浸っていたい。理解あるいいセンパイを貫き通したい。手を出すにしても向こうから望まれたから手を出した。そういうことにしたいだけじゃない」

ズバズバとガミは、人の心に切り込んでくる。心の内を正しい形で解き明かしていく。

まさにガミの回答はその通りだ。手を出さないのは、社会のルールとモラルを大事に尊ぶゆえの良心の呵責《かしゃく》なんかではない。安定の保身である。

こうして半年近く、レナを抱え込んでいるのだ。今更社会的責任や遵法精神なんてくだらないものは考えていない。今日まで積み上げてきたレナの信用、そして信頼が崩れ落ちるのを厭《いと》うているだけだ。

レナに向けられる好意が心地よい。それが一欠片でも軽蔑に変わることが嫌で、このぬるま湯に浸り続けているだけだ。

本人の前ではいいセンパイを演じながら、この胸の内はベッ トリと欲望に塗《まみ》れている。

向こうから望まれ求められたのなら、躊躇《ためら》う理由が見当たらないほどに。

なにせ俺は聖人なんかではない。ろくでもない大人である。

ガミの言うことは、徹頭徹尾その通り。ぐうの音もでないほどの正論であった。

「結局、タマがあの子に手を出さないのは、童貞をこじらせてビビってるだけじゃない」

「ファッキュー！」

ただしこれだけは素直に受け入れられず、中指を立てるべき事案であった。

ガミは満足そうに鼻で笑うと、

「この社会において、手っ取り早く人より得をする方法。それはちゃんとわかってるかしら？」

　ふと真面目な声音でそう切り出した。

「宝くじを当てるんだ」

「ルールを破るのよ」

　くだらない回答を一蹴するように、ガミは答えをすぐにもたらした。

「知ってのとおり、この社会はルールだけじゃない。モラルだけでも雁字搦《がんじがら》め。ちょっとしたことでもそれを破れば、全てを失うほどの代償を払うハメになるわ。それでも破ろうとする人間が後を絶たないのは、それらの範疇《はんちゅう》では手に入らない得があるからよ」

よくある話だ。

軽い気持ちでルールを破った。それによって今日まで築いてきた全てを取り上げられる悲劇……いいや、報いを受ける。そうやって罰せられた者たちが、日夜世間に名前を晒され続けている。

これが社会のルールを破った者たちの末路だ、と。

「たとえばタマがしている赤横断。それが表沙汰になれば、社会が定めた罰より重たい、民衆の私刑が待ってるわ。不利益も被っていない者たちが、こぞってタマに石を投げつけるの。なぜかしら？」

「正しい人は言った。『あなたたちの中で罪を犯したことのない者が、まず石を投げなさい』。ガミは石を投げられるか」

「まさか。人でなしなりに、人間として持つべきプライドくらいはあるわ」

質問を質問で返すも、ガミは気分を悪くすることなくあっさりと答えた。

「そんな恥知らずな真似、できるわけないじゃない。タマは投げるの？」

「少なくとも、その前提の上では投げれんな」

「なぜかしら？」

「そもそも石を投げること自体、この社会じゃ許されていない。ルールに委ねず石を投げるのはただの私刑だからな。石を投げた時点で、石を投げられる罪を背負うことになる。だから人前でそんなこと、とてもじゃないができやしない」

「なら道理のわかっているいい子ちゃんのタマは、石を全く投げないと言うのね」

「まさか。人の見えないところから投げるに決まってるだろ」

石を投げる真似をすると、笑いを堪えているガミの口元が痙攣した。

「自分が投げた石で、ムカツク奴が痛い目にあってるのは楽しいからな。だから正しい人に諭されてなお、我こそは聖人だ！　って勘違いしてる民衆に紛れて、こそこそとバレないように投げるんだ。罪はバレなきゃ罰せられないからな」

残り少しの中身を飲み干すように、グラスを一気に呷《あお》った。

「俺に石を投げるのは、つまるところそういう奴らだ」

グラスを空にすると、ガミの最初の質問、その答えを差し出した。

「良心の呵責もなく、大義名分を掲げて一方的に殴れるサンドバッグ。自分が手に入らない、思い通りにならない日々の鬱憤を晴らしてるだけなのに、その自覚もなく正義の行いと勘違いして石を投げる。それが現代のトレンドなんだ」

本物の正義感を持って行動に移している者なんて、果たしてどれだけいるだろうか。

間違った情報を鵜呑《うの》みにし、正義を振りかざしておきながら、それが誤ったものだと知ると途端に蜘蛛《くも》の子を散らす。その上で自分は間違った情報に騙されただけだと、被害者面すらするのだ。

流言飛語の被害者となった者に、誠心誠意対応して、自ら罪を償おうとする者など一人でもいるだろうか。

俺はいないと確信すらしている。

上辺だけもたらされたものを全てと信じ、本質を知ろうともせずこれが正義の行いだとすぐに石を投げる。そんな奴らに、本物の想いなど宿るわけがない。

結局、大義名分と正義を掲げて、石を投げたいだけ。そうやって日々の鬱憤を晴らすのが、現代の娯楽《トレンド》だからだ。

その本質を理解していて石を投げるのは、救いようのないろくでなしだ。

ただその自覚もなく投げていると言うのなら、それはどこまでもタチが悪い。

俺はろくでもない大人であっても、タチの悪い大人にだけはならないと誓っている。

「特に一番の根っこは、羨ましい妬ましいだな。自分は真面目にルールを守っているのに、ズルイことをして得することは許せないって」

「ルール破りだけじゃないわ。社会が敷いたレールを外れて、成功を収めた相手への妬み嫉《そね》みにも溢れているわ」

ガミは空のグラスを受け取りながら、補足するように言った。

ネット社会はそれが顕著に表れている。

自分の人生が満たされない、嫉妬に狂った亡者たち。その主張は、尊び喝采を送る者たちよりも激しく、大きな声を上げるのだ。

悪いことをしていないのだから、放っておけばいいものを。成功者の粗を隅々まで探す日々。その結果下手な信者より詳しくなるので、一周回ってもうおまえファンだろ、という笑える有様だ。

「それこそ真面目にレールへ乗っているのが、バカらしくなるくらいにね。それほどまでにこの社会は、ルールを破り、レールから上手く逸脱した者が、得するようにできているのよ」

ガミの主張はよくわかる。

真面目にレールへ乗っているのがバカらしい。そう思うほどに、レールを外れた者たちの成功が眩しい。なんでこんな遊びみたいなことをして、一攫千金《いっかく》億万長者になっているんだ。とにかく羨ましい、妬ましいのだ。

もちろん、彼らが裏でしているだろう努力は、一切見ないものとしている。

「でもルールを破っている者は、その道で必死になってやっているわ。失うものが従来の比じゃないもの。背負うリスクの重みに耐えながら、一生懸命ルール破りの蜜を吸っているわ」

ガミはその蜜の代わりのように、中身を満たしたグラスを差し出してきた。

「レールを外れた人たちもそう。簡単には元のレールには戻れない。その道で失敗したら、自業自得だろと嘲笑《あざわら》われるのがわかっているもの。明日どうなるかもわからない世界は、その立ち位置を維持するだけでも大変でしょうね」

グラスに口を付けながら、ガミの高説を黙って拝聴する。

「そしてなにより、レールの上を走る人たちが一番必死よ。取り分の少ないゼロサムゲーム。目先にある享楽の誘惑に耐え続けても、一欠片《ひとかけら》の社会的幸福しか得られないのにね」

ガミなりにわけた、三つの世界。

どの道でも得や幸福を得ようとするのは、生半可なことではない。それを掴み維持するには、文字通り必死にならねばならないのだと。

「一方、タマはどれにも当てはまらないわね。あれも欲しいこれも欲しいと思っていながらも、手の内の楽は失いたくないから現状維持。なすがままに流れた先で、いいものが落ちてきたらラッキーだなってね」

そしておまえはその三つに当てはまらない。中途半端な奴だと。

ガミはそんな俺に呆れてはいない。ガミなりの分析した現実を、ただ突きつけているだけだ。

「ねえ、タマ。最近あちこちの店で、外国人を見るじゃない？　日本人がやりたがらない仕事で、買い叩かれるように使われている。ああいうのをどう思うかしら？」

そこからまた、話は飛んだ。

着地点はわからぬが、流されるがまま俺は答えた。

「わざわざ国を飛び出してまであの扱いだからな。人間、ああだけはなりたくないな」

「同感ね。でも、彼らはタマよりよっぽど凄いし立派よ」

「どんな罵倒だよ」

「罵倒じゃないわ、真実よ。だって彼らは国を飛び出してやってきているのよ？　こんな煩雑な国の言語とルールを覚え直して、今も学び続けている。その覚悟は並大抵じゃないわ」

ふぅ、とガミは息をつく。

話し疲れたのではない。あっという間に空にしたグラスを俺が差し出したからだ。

手慣れた様子で注ぎ直しながら、ガミは総じて言いたかった結論を口にした。

「タマに足りないのは、まさにそれね。人間、覚悟を決めれば結果を残せるかどうかはともかく、新しい道へと踏み出せるものよ」

おまえに足らないのは覚悟だと。

「遵法精神や社会的善悪なんて、今更語らないわ。そんなくだらないもの、語る価値すらないもの。だから私が言えることはただ一つ」

なみなみ注がれたグラスを差し出しながらガミは言った。

「人より得したければ、覚悟を決めてリスクを背負いなさい」

覚悟を決めろ。

リスクを背負え。

ガミがなにに対してそれを指しているのかは、それこそ遵法精神と社会的善悪と一緒だ。そんなくだらないもの、今更語るまでもない。

ふと、ガミの口端は小さく上がった。

「これでも長い付き合いよ。友人の顔は泣きを見ているよりは、鼻で笑ってるくらいが見ていて面白いわ」

一年前、切れていたはずの縁がたまたま目の前に転がっていた。ガミはそれを手元に置いておこうかと目論んだ。ただ、そこにあったのは懐かしき縁への温情だけではなかったようだ。

友情である。

どうやらガミは、俺の背中を押したいようだった。その手はまさに、社会のレールから押し出す堕落の片道切符だ。

とんでもない友情を差し出してくるガミだが、そこに悪意は一切なく、純度百パーセントの善意である。

「ま、それでもタマの人生よ。覚悟を決められないなら、今まで通りに流されていなさい。……でも、これだけは忘れちゃダメよ。タマはもう、爆弾を背負っているわ」

しかしその手に込められた力は、決して強引ではない。最後の最後は、自分の意志を尊重したもの。そして現状確認である。

「いつ爆発するかなんてわからないけど……いい思いもできず、罰だけ受けることほどバカらしいことはないわよ」

徹頭徹尾、正論で始まり正論で終わった。

昔からガミは人でなしで、社会が示す人間のクズではあったが、俺にとっては唯一気が合う奴だった。つまり根っこのところは一緒である。

そんな俺とガミの人生を大きく分けたものがあるとすれば、いわゆる覚悟というものかもしれない。いつだって覚悟を持って人生を歩むガミに対して、俺がそれらしい歩みをするときは、ケツに火が着いたときだけ。

「ま、罰がくだった先で死にたくなったら相談なさい」

ガミはニヤリと口端を吊り上げた。

「楽な介錯《かいしゃく》くらいはしてあげるわ」

まるで未来への期待を込めたかのようにガミは言った。

悪戯《いたずら》っぽい口ぶりであるが、おそらく口にしていることは冗談ではない。言葉通りの意味を受け取ればいいのだ。

知らぬ存ぜぬを通しているガミの成功。その築いてきたもので、この人生から楽にログアウトをさせてくれるらしい。

「ところで話は変わるけど」

「ん？　なんだ」

「クルミちゃんから相談を受けたのよ」

「本当に話が変わったな」

肩透かしを食らいながらも居住まいを正した。そろそろ店がオープンする時間だからだ。

キラキラとした陽キャＪＤ美少女のクルミちゃんは、金曜日のオープンに合わせて来る。

遅くまでダラダラなんて悪癖こそなくなったが、最近は専ら、彼女と楽しい時間を過ごすのが習慣となっている。

　どれだけ楽しい時間を過ごしたところで、その先はないお店だけの関係。期待なんてなにもしていないが、みっともない姿を見せず、それなりに大人としての尊敬くらいは留めたいのが男心というものだ。

「それで、クルミちゃんがどうかしたのか？」

「お友達の妹がね、家出したそうよ」

「妹が家出か。そりゃ、心配だろうな」

「家を出たのも昨日今日の話じゃない。それこそだいぶ前の話らしくてね。九月の連休中にそれが発覚して、お友達は大パニックよ」

「だいぶ前って……親は一体なにしてんだ」

「家出をした際に残した書き置きを、鵜呑みにしていたらしいわ。元々問題がある子だったようだから、もうあいつのことは知らん、って長女に丸投げしたまま、放置していたそうよ」

「長女へ丸投げ？」

「書き置きには、こう書いてあったらしいわ。『東京の姉さんのところへ行きます』って」

「ぐほっ！」

口に含んでいた飲みかけのものを、グラスに向かって噴き出した。

「あら、大丈夫、タマ？」

「お、おう……」

ニマニマとしているガミに、平静を装いながら気を取り戻す。

「娘が行方不明になっているって言うのに、世間体ばかり気になるようね。未だに行方不明の届けを出していないらしいわ」

「……ゆ、行方不明は言いすぎじゃないか？　たかだか、家出だろ？　それなりの家だったら、娘が家出したなんて醜聞、避けたいだろうよ」

「大袈裟じゃないわ。家出してから、もう五ヶ月だもの。それだけの間姿を消して、足取りがわからないのであれば、それはもう立派な行方不明者よ」

「ほ、ほぉ……五ヶ月、か」

「それだけの時間だもの。まずは安否が気になるところね。もし生きていたとしても、絶対ろくでもない大人のもとで、いいように使われているわよ」

クルミちゃんのお友達、その妹さんがそんな目にあっているかもしれないというのに、ガミはそれはもう楽しそうである。

もしかしたらガミは、その妹さんの行方に心当たりがあるのかもしれない。なにせ俺にも心当たりがあるくらいだ。

「大袈裟にするのは簡単だけど、家出の期間があれだもの。下手な探し方を打てば、邪推ばかりが重なって、不名誉な称号だけが増えていくでしょうね。だからといって、探偵なんて雇っても成果なんて期待できないでしょうから」

未成年者の行方不明とはいえ、始まりは家出である。写真付きでＳＮＳに拡散希望をしようものなら、すぐにネットの玩具《おもちゃ》となって、こんな娘に手を差し伸べたいだけの人生だった、となるのがオチだ。

「そ、そのお友達が、届けを出すというのは？」

「もし大事にしたなら、その妹が戻ってきてもタダじゃ済まさない。おまえが手の届かないところへ託すと、含みを持たしながら言ったようよ。代わりにもし内輪でことを収められたなら、妹の全てを任せるって約束を取り付けるので精一杯だったらしいわ」

「ほほう……それはまた、酷いクソ親だな。二進《にっち》も三進《さっち》もいかん状況というわけか」

「そのお友達ができることは精々、信用できる横の繋《つな》がりに、写真だけを託して目撃証言を探すくらい。そうやって私も、クルミちゃんに頼まれたのよ」

ガミはスマホを取り出すと、その写真を見せつけてきた。

「お客さんにこの子を見かけたことがないか、って協力してほしいってね」

セーラー服を着たその少女。今よりももっと顔立ちが幼くありながらも、しかし母性は歳《とし》不相応に開花していた。

それはまさに、巨乳ＪＫ美少女がＪＣ時代の写真であった。

「どう、タマ。あなたはこの子を見かけたことがない？」

「朝うちで見たわ」

◆

意外な縁から、現実の魔の手が迫ってきていた。

それを知った上で、今までのように現実を見ないふりをしたままでいられるか。はたまた、見ないふりをしたままでいいのか。

ただ目先の楽にだけ流されてきた、人生設計とは無縁の生き方。

将来なんてものなど、ろくに考えずに今日まで過ごしてきた。

それでも俺は、なにも考えずに生きてきたというわけではない。

今、この瞬間、自分がしていることがどういうことか。していないことがどういう意味かを、考えて、考えて、考えて、考えて、俯瞰《ふかん》的に見た答えを出している。

それは自覚のないタチの悪い大人にだけはならないと、自身に誓っているからだ。

だからろくでもない大人なりに、考えた。

このまま現実を見ないことにすることは、確かに一番楽で楽しいかもしれない。それでもやはり、一度現実に向き合わなければならない。曖昧にしてきたものを全て俎上《そじょう》に上げ、どうするべきかを問わなければならない。

たとえその結果、楽で楽しい今を手放すことになっても。

『人間、覚悟を決めれば結果を残せるかどうかはともかく、新しい道へと踏み出せるものよ』

ろくでもない大人なりに、レナに対して誠実でありたいと思ったのだ。

座ったまま椅子を回して、正面からレナへと向き合う。

「おかわりですか?」

「いや、ちょっとな」

この半年近く、何百何千と声をかけてきた。感情の一喜一憂、その微差をレナはしっかりと感じ取れる。

レナが息を呑んだのは、ちょっと世間話や笑い話をしたい。そういう類の話ではないと通じたのだろう。

そんなレナを真っ直ぐ見据えながら、その名を呼ぶ。

「話したいことがあるんだ、楓」

「どうして……」

気持ちのいい夢から強引に醒まされ、それを嘆くかのようにレナは目を見開いた。

文野《ふみの》楓《かえで》。それがガミよりもたらされた、一閃十界のレナファルトへ逃げ込んでいる少女の真名である。

折りたたみ机に上がった、虹色を放つノートパソコン。そのキーボードに手を置きながら、レナは呆然とこちらを見上げている。

「ガミの店に、現実の魔の手が伸びた」

「魔の……手？」

「東京のお姉さんが、おまえを探し始めたようだ」

「姉……さん、が？」

意思を示すというよりも、俺が述べた言葉をそのまま繰り返しているレナ。

「驚け。なんとおまえの家出は、この半年近く誰も気づかなかったようだ」

そんなレナに向かって、大袈裟に両手を広げ、ピエロのような半笑いを顔に貼り付けた。

道化のような様にレナは笑うことなく、かといって憤ることも呆れることもしない。呆然とする少女の顔は、その真名を呼ばれてから微動だにしていなかった。

かつて、姉さんは優しい。自分のことを世界で一番想ってくれているとまで語った。そんな姉にこんなにも長い間、放っておかれていた現実の前に、反応がこれである。

関心を抱いていない。それこそそんなレナの姿を見ていて、こっちの胸のほうが痛むくらいである。

今日の経緯を、滔々《とうとう》と語って聞かせた。

レナは家出をした時点で、父親はその将来を完全に見放し、退学届をすぐに出したようだ。時代錯誤も甚だしい縁繋ぎの役割さえ果たせればいい。必要なそのときが来るまで、長女に面倒を押し付けたつもりであったようだ。

長女からも警察からも連絡はない。便りがないのはよい便りとして、文字通り娘のことを捨て置いたようだ。

一方姉はその日までの間、自分から妹と連絡を取ることはせず、近況を尋ねるのを控えていたようだ。当人いわく、妹の絶望的なコミュ障は、自分が過干渉に甘やかしすぎたせいかもしれないと考えていたらしい。

大学進学の際、なにかあったらいつでも連絡しなさいと伝えていたから、なにかあれば必ず自分を頼ってくれる。そう信じ切っていたのだ。

便りがないのはよい便り。しっかり高校へ通えているものだと安心していたとのこと。

やはり自分が側にいて甘やかしていたのが間違いだった。妹は支えがなければないで、しっかり立てる自慢の妹だった。そんな妹の成長を阻害しないよう、最近まで帰省を控えていたようだ。

こうして甘い考え同士がすれ違った結果、ご覧の有様である。普通そんなことがありえるか、というほどの杜撰《ずさん》さであった。

今日ガミに聞かされた話を全て語り終えると、しばらくレナは放心していた。いっそ自らの境遇にショックを受けてくれたほうがいいくらいに痛々しく見えた。

しばらくして、気を取り戻したかのようにレナはキーボードを叩いた。

『ごめんなさい』

スマホに届いたのは、たった六文字。

なにを謝っているのか。謝罪を受けるような真似なんてしていない。なぜそこまでして自分を悪いように扱うのか。

次のメッセージをもって、その真意を知ることとなった。

『どうやら自分、もうただの巨乳美少女のようっすね』

「おい！」

堪える間もなく反射的に突っ込んだ。

つい忘れてしまっていたが、レナはボケなければ死んでしまう重病者である。深刻な雰囲気の場で、深刻な病の発作に襲われたようだ。

面白いボケを発揮できたことに、その口元には満足げな微笑が拵《こしら》えられていた。

『ま、概《おおむ》ね予想通りの流れっすね。いやー、でも。時間稼ぎの書き置きで、半年近くバレなかったのは流石《さすが》に笑うっす』

「そんなに笑えるか?」

『すれ違いすぎてマジ大草原。おまえら前に流行った、多目的トイレのコントでもやってんのかっつーの』

爆速タイプに迷いはなく、家族のすれ違いをそう評した。

大草原という割には、そこにさしたる感情は浮かんでいるようには見えなかった。JKブランドを失った謝罪の笑みは、とっくに沈んでしまっている。

『後、もう一つ笑えたのは、姉さんの甘やかし発言っすね。あれで甘やかしすぎたとか、片腹痛いっすわ。真の甘やかしとはどういうものか。センパイの爪の垢を煎じて、送りつけてやりたいっすよ』

「東京大学生様にそんなものを飲ませてみろ。腹を下すだけじゃ済まんぞ」

『いいんすよ。そのくらいの劇薬で。姉さんは真面目の擬人化っすから。ちょっとバカになってくれたほうが、自分には都合がいいんすよ』

「さらっと失礼な発言をしたな。天井のシミを数えさせせんぞ」

『きゃー、犯されるー！』

バカみたいなやり取りに、レナは堪えきれなかったようだ。エンターを叩き終えるなり、溢れ出してきたものを抑えるように口元を両手で覆った。

俺とのやり取りは、そうやって楽しそうにはしてくれる。だが自虐的に扱われる自らの家庭環境、家族ネタに対しては、なにも面白そうにはしていない。

もうこれ以上続きがないのなら、この話はもう終わりにしたい。

ひしひしとそれが感じ取れる。一閃十界のレナファルトには、現世の情報など不要と言うように。

それでも俺は、なおも一歩踏み出さなければならない。

このままでは今までとなにも変わらない。楽なほうへと流されているだけだ。なにも解決はしていないのだ。

だから聞かねばならない。

「これからおまえは、どうしたい？」

情報を与えた上で、レナがどのような答えを導き出すのか。

『このままがいいっす』

迷いなき爆速タイプは、予想通りの答えをもたらした。

一閃十界のレナファルトとして、社会《せかい》からログアウトしたままでいたい。

一閃十界のレナファルトとして、現実逃避《ゆめ》へログインしたままでいたい。

こんな風に返ってくるのは、端《はな》からわかっていたのだ。

椅子から降りると、レナの前にどっと腰を下ろす。

「え……」

そしてその両手をそっと取り、

「俺は一閃十界のレナファルトに聞いているんじゃない」

パタンとノートパソコンを閉じたのだ。

「文野楓として、これからどうしたいのかを聞きたいんだ」

レナの目をジッと捉える。顔を背け、現実から逃げることは許さないと告げたのだ。

一度手を動かせば、それは全てレナファルトとしての思考回路より、もたらされた答えとなる。文野楓として今一度考えてほしいから、レナファルトとしての意思を紡ぎ出す手段を取り上げたのだ。

強制的にレナファルトの手を取り上げられ、出会ったときのようにおどおどとした少女へ逆行し、狼狽《うろた》え、弱々しいかつての少女へと戻ってしまった。

「センパイは、どうしてほしいですか？」

そうなると信じてすらいたのに、レナは真っ向から俺の目を受け入れた。淀《よど》むことも吃ることもなく、ハッキリとした声音で質問を返してきたのだ。

これには面食らったが、

「俺はこのままがいい」

本心からの欲望を持って質問を返したのだ。

「なにせ朝起きてシャワーを浴びれば、黙って出てくる朝飯とコーヒー。クリーニングに出したてのような社会人装備をまとって、弁当片手に出勤だ。夜は疲れて帰ってみれば、飯や風呂どころか、タオパンパまで用意されている」

つまらない大人の一人暮らしは、違う世界へ足を踏み入れたかのように変貌した。それこそ異世界に転移してしまったかのような変わり具合だ。

「全ての家事から解放され、据え膳上げ膳の日々は、まさに人生の堕落。おまえなしの生活にはもう戻れん。そのくらい我が家の自宅警備員の活躍は目覚ましい。一閃十界のレナファルトよ、ここにダメ人間製造機の称号を与えん！」

「はい、ありがたく頂きます」

ダメな男がダメな発言を吐き出す様は、どこに出しても恥ずかしいダメっぷりだ。人間こうなってはいけないという、模範的なろくでもない大人である。

だというのにレナは見下げるどころか、嬉しそうに微笑み返してきた。

自分はただのぶら下がるだけのリスクではない。ちゃんと必要とされ、その役目を果たしていると称賛を受けているかのようだ。

なら、このままでいいではないかと二つの目は告げていた。

そう。俺のことだけを考えるのなら、このままが一番いい。

「そうやって生産性のないパラヒキニートのおまえは、自宅警備員として十分以上に成長した。対人恐怖吃音症とまで名付けた病気なんざ見る影もない。今なら、現実でやり直せるんじゃないのか？」

でもレナのことを本当に考えるのなら、こんな道もあると示さなければならない。

「もちろん、クソ親のもとへ帰れと言いたいわけじゃない。カバーストーリーはガミ辺りと相談になるが、お姉さんのもとへ身を寄せるくらいは、一つの選択肢としてありなんじゃないのか？」

本来レナにとって、それは論外である。だからこそレナは俺のもとへと逃げ込んできたのだ。

　でも、状況は前と変わった。

「お姉さんも今回のことで思い知ったはずだ。優しくはしてきたつもりでも、甘えを許さなかった結果がこれだって。その失敗を反省して、今ならちゃんと話を聞いてくれるだろうさ。一生社会に出たくない、なんて甘ったれたことは流石に許しちゃくれないだろうが。高校へ通うのが難しいなら、ちゃんと交渉しろ。下々の寺小屋なんざ行くだけ時間の無駄。なにせ自分は、神童だからってな」

　卓上のノートパソコンへと手を置いた。

「本音を口に出しづらいなら、その手で性根を叩きつけろ。顔を突き合わす必要なんてない。いつも俺とやっていることを、お姉さんとやるだけでいい。そうやって文野楓としての偽りのない思いを知ってもらえ」

　甘くはない優しい姉。レナは今まで一方通行の優しさに、応とも否とも言わず、黙って顔を俯けるだけだったのだろう。

　本心を音に出し、自らを主張する能力がないからこそ。台風を通り過ぎるのを待つようにして、その優しさをずっとやり過ごしてきた。

　ならば土俵を変えればいい。

得意分野で本心をぶつければいい。

偽りのない思いを口に出せないのなら、文字を起こして紡げばいいのだ。

相手がクソ親なら、そんなことをしても無意味かもしれない。

ただし妹を思う優しい姉ならば、きっとその形で向き合おうとしてくれる。全てを受け入れることはできずとも、譲歩や折衷案は引き出せるはずだ。そこから先は、神童の交渉能力次第である。

「今のおまえは一人の大人を堕落させた、ダメ人間製造機だ。これからの身の振り方の交渉期間中に、お姉さんをたらしこめ。堕とし込め。おまえなしでは生活が成り立たんほどに、ダメ人間へと叩き落とせ。そうしたらよりよい条件を引き出せるはずだ」

レナはまさに最強の自宅警備員《ハウスキーパー》である。

「今のおまえにはその力がある。俺がその生き証人だ」

一度ダメ人間へと叩き落とされた今、見放されたが最後。待っている未来はろくなものではない。正直、レナがいなくなった後に恐ろしさすら感じている。

このホラーハウスでの甘いだけの日々と比べれば、姉の優しさに満ちた生活は辛いことはあるかもしれない。だが甘えを引き出すことができれば、きっと素晴らしい未来が待っている。

大事なのは優しさと甘えのバランスだ。

俺が与える甘えは、輝かしい未来は閉じたまま潰《つい》えてしまう。未来を慮《おもんぱか》った優しさをもって考え、その手を引いて導いてあげることはできない。

俺にできるのはこんな未来があるんだぞと提示することだけ。楽に楽しいだけに流されなかった、自らのリスク管理を見誤った、しょうもない優しさを与えることが精々だ。

「俺のことはどうでもいい」

人生詰んでると、かつて語った少女に向かって、

「これらを踏まえて、おまえはどうしたい？」

まだまだ未来に見込みがあるんだぞと告げたのだ。

この半年近く、レナと過ごした日々はあまりにも楽しすぎた。あまりにも都合がよくて、つい愛情なんてものを覚えるほどに。

ただしこれは、異性へ抱く真の恋や愛ではない。自分勝手な身勝手さから生まれた自己愛だ。レナの不幸を利用し、自らの幸せを満たしているだけにすぎない。俺ではその未来を切り開いてやることはできないから、仕方ないと流されていただけだ。

けれどお先真っ暗だと思えたその未来が開かれたのなら、それを見なかったことにはできなかった。詰んだと思われていた人生に可能性が開かれたのなら、その未来を選ぶべき

である。

そんな先の未来で、幸せになってほしい。

歪んだ自己愛から生まれたものであれ、そのくらいにはレナのことを想っている。

レナには誠実でありたいと思ってしまったからこそ、開かれた未来を自分の選択で摘み取るような真似はできなかった。

こんな優しさを見せるのに、わざわざ覚悟を決める必要があるなんて。我がことながらろくでもない大人すぎた。

「センパイ」

俺が差し出した、開かれた未来への可能性。

どうしたいかと問われてから、答えるまでに流れた時間は十秒足らず。

レナは正しくそれを飲み込んだ上で、

「わたしは帰りたくありません」

ハッキリと言い切った。

「文野楓になんて戻りたくない」

自らの意思をここに示したのだ。

「これからもこの場所で、一閃十界のレナファルトのままでいさせてください」

今更開かれた未来への展望など望まないと、レナは願い請うたのだ。

弱々しさの欠片もないその瞳。

これは逃げでもなければ、覚悟が決まりきらないわけでもない。心からの本音であることくらいは汲み取れた。

「最後通告だ。これが人生のセンパイなりの、おまえのことを考えた優しさだ」

だから俺もまた、最後の優しさを示すことにした。

「ハッキリ言うぞ。レールに乗った人生なんざクソだ！　社会のルールやモラルを踏みにじって、レールから外れた左団扇《ひだりうちわ》の生活がしたい！　レールを走ってる奴らを指さして、こいつらなに必死になっているんだって、雲の上から笑っていたいくらいだ」

みっともないまでの願望を半笑いで喚き散らす。

「だがな、リスクを背負う覚悟なんてものがないから、そんなことができないから底辺街道をこうして走り続けているんだ。向上心もないが賞罰もない。嫌々、泣く泣く、レールの上で少ない日銭を稼いで、まあなんとかこのくらいの暮らしは維持できてる」

将来に輝かしい展望なんて望めない。

なにかの事故や災害一つで、すぐに崩れ落ちんとしている拙《つたな》い足元。

今の立場を失ったとき、下には落ちても上には決して上がれない。

「これがレールこそ外れなかったが、満足に積み上げてこなかった人間の末路だ」

真面目に生きてこなかった、必死にやってこなかったせいだと、後ろ指をさされる案件である。

その自覚を俺は、しっかりとしている。

「だがな、社会の通過儀礼を怠った奴はもっと悲惨だ。レールに乗ろうとしたところで、今までおまえはなにをしてきたんだって罵ってくる。今更戻ってきたところで、わざわざ踏み台になりにきたのか底辺め、って嘲笑ってくる。面倒で、だるくて、かったるくて、惨めな思いをしなきゃならんほどに社会は容赦ない」

レールから外れたままの怖さを脅しかける。

「後先考えず、楽しいことだけをやってきたツケは、そうやって未来で払わんきゃならん。それがクソみたいな社会に生かされるってことだ。一度レールから外れたら、俺は二度と這い上がれん自信があるぞ」

みっともない心からの本音を吐き出した。

「そんな未来への不安を抱えたままで、これまでどおりやっていけるか？　怖くないのか？　今までどおり変わらず、楽しいだけに引きこもっていられるのか？」

皆、頑張っているんだなんて綺麗事は語らない。なにせ俺は、頑張っていない人間だからだ。

自らの努力不足を棚に上げて、社会を斜めに見る様は、どこに出しても恥ずかしいろくでもない大人である。

それでも俺は、現実を現実のまま捉えられないほどに愚かな盲人ではない。楽に流され未来から目を背ける人間であっても、置かれた現実を受け入れず、両耳を塞いで俺は悪くない、社会が悪いんだと叫ぶ、タチの悪い大人ではない。

現実を捉え、受け入れた上で『社会はクソだ！』と叫ぶ、ろくでもない大人なだけだ。

そんな大人の姿を、臆面もなく見せつけた。

人間こうだけはなりたくないだろ？　おまえはまだ間に合うぞ、と。

「怖くなんてありません」

けれどその考えは覆らず。

「だって、未来のことなんてなにも考えていませんから」

我がコーハイに相応《ふさわ》しく、ろくでもない未来に向かって微笑みを浮かべるのだった。

その意思は揺らぐことはない。

親からも、現実からも、そして姉からもこれまで通り、目を逸らし逃避する。輝かしいはずの未来を消費し、楽で楽しいだけの明日だけを望んだのだ。

これこそ文野楓の本心からもたらされた答え。その選択であった。

「一閃十界のレナファルト！」

怒鳴るように張り上げた音に、レナはビクリとした。

「汝《なんじ》の自宅警備員雇用は、本日をもって正社員へと格上げだ！」

もう引き返せんぞと、決定事項を告げたのだ。

「わかってると思うが、うちには福利厚生なんてものはない。なにせブラック企業だからな。社員の人生の責任なんて、取る気はさらさらないぞ。それどころか俺は、社員の未来とやりがいを搾取するようなクソ社長だ。このことが労基にバレたら最後、倒産だけじゃ済まん。すぐにしょっ引かれる。そんなクソ社長のもとで労働契約を交わすんだ。そんときはおまえだって、タダじゃ済まんからな」

クソみたいな雇用概要。

あまりにもろくでもない内容に、レナは目を丸くしている。

次の瞬間に見せるのは、

「……ふふっ」

抑えきれないと零れだした微笑みだった。それこそ望むところだと言うように。

俺が示せる問題と答え。その全てを俎上に上げた。

けれどレナは、これまで通りを望んだ。

ろくでもないこの道を選んだ。

だから俺も次の覚悟を決めたのだ。

「だからレナ。堕ちるときは一緒だぞ」

レナがそう決めたのなら仕方ない、と。

「ほんと、おまえも災難だな。こんなろくでもない大人に引っかかって。神童の未来が台なしだ」

「仕方ありません。だってわたしは、ろくでもない子供ですから」

そうやって落ちぶれた未来が約束された神童を憐れむと、レナはおかしそうに笑っていた。

この未来を望んだ理由は、依存心であることは間違いない。逃げ込んだこの世界で全てを完結させる。盲目的に楽で楽しくあるために生まれた感情である。

その想いがどれだけ肥大化しようと、社会の示す真の恋や愛にはなりえない。だからこんな可愛い女の子に愛されているなんて、自惚《うぬぼ》れるつもりはない。それを自覚した上で、これまで通り楽に流される。なすがままこの先を行く。

ろくでもない大人の変わらぬ方針だ。

今度はそこに、もう一つ乗っかったものがある。

新たな覚悟を決めたのだ。

それは禁断の果実を口にせんと自ら収穫するものか？

違う。そちらについてはこれからも受け身の態勢だ。責任の所在はいつだって他人に押し付けたい。それが俺の処世術であり生き方である。この後向こうから求められたのなら、二人は結ばれハッピーエンド完、とするのもやぶさかでもなかった。

ではリスクが爆発した先で、罰を黙って受け入れる覚悟か？

違う。我がご尊顔と真名がお茶の間デビューし、ネットで羨ましい妬ましいと叩かれる、ネットの玩具として弄ばれる気なんてさらさらない。

ではなんの覚悟が決まったのかと問われれば、いざとなったら友人を頼る。そんな覚悟が決まっただけだ。

辛くて苦しいだけの日々なんてごめんである。だからといって人生を自らログアウトする勇気もない。

情けないそんな俺が罰を受け、追い込まれたとき、ガミがいつでも楽な介錯をしてくれる。素晴らしき友情に乾杯である。

「ありがとうございます、センパイ」

俺たちは楽しいだけで終われない。

なにせ問題が山積みなのだ。むしろ問題しか積み上がっていない。

事故や怪我、病気など、思わぬ不幸がいつ降り注ぐかわからない。そうなったら一発でアウトである。

今日までは何事もなかったが、これから先はわからない。

問題という箱が、ついに開いてしまった。

その先でいつか、俺は災厄に飲まれてしまうかもしれない。

はたまたその底には、未来への希望が残されている可能性もある。

「どうかこんなわたしと――」

予測不可能な未来に対して、胸の内に湧き上がる思いはただ一つ。

「一緒に堕ちてください」

ま、なんとかなるだろう。

楽観的ないつものそれだ。

第二話　盲目性偏執狂ノ傾慕①

現在、わたしは新たな恋をしている。

ある日ひょんなことから、友達から好きな人に変わったのではない。かといって、不良×捨て猫理論のギャップに心が打たれたわけでもなかった。

得てして恋に落ちる瞬間というものは、予報で備えられる嵐ではない。雨の日に差した傘へと降り注ぐ落雷である。

常日頃から身構えていても仕方ない、そんな命取りとなる油断から、

「あっ」

物理的に落ちそうになったときに訪れたものだ。

忙しなく道行く者によって肩をぶつけられたとき。そこは下り階段であった。

バランスを崩し転がり落ちそうになった瞬間。わたしを支えんとするその手に、この腕を取られたのだ。

わたしの代わりに転がり落ちていく、社会人がよく手にしている鞄。夕日を背にしたそ

の人は手すりを握りしめながら、転がり落ちようとしたわたしを繋ぎ止めたのだ。

面識のないわたしのために咄嗟に鞄を手放した、心配そうな眼差しを送る救いの主。

「大丈夫か？」

打算なきその姿に、ついこの心がときめいたのだ。

後に振り返ると、この瞬間こそが身体の代わりに落ちていった、新たな恋の始まりだったのだ。

◆

「ついに新しい恋を見つけたの！」

受験勉強にひたすら忙殺された、灰色に満たされていた高校三年生の日々。地獄のような一年を乗り越えた先にたどり着いたのは、自由と栄光を謳歌できる、キラキラ華の大学キャンパスライフ。

来宮《きのみや》まどか、大学一年生十八歳は、青春に足らなかった唯一の彩りを手に入れたのだ。

高校二年生以来、久しぶりに手にした恋情に、わたしの心は舞い上がっていた。

大学への進学の際、一緒に上京した親友、文野椛《もみじ》。小中高の十二年間、同じ学校に通い続けた仲。大学こそ別々となってしまったが、住居は同じマンションである。

最初はルームシェアをしないかと持ちかけられたのだが、そこは謹んでお断りさせて頂いた。椛と一緒に暮らすのが嫌だったわけではない。むしろ楽しそうな生活になりそうだと確信すらできた。

ただわたしは恋をしたら一直線な女。恋人ができたときのことを優先したのだ。

「あんたらしい考えね」

ありのままの理由を告げると、椛にはそれなら仕方ないと笑われた。

代わりにお互いの大学までの交通手段、その兼ね合いを経て、今のマンションを選んだのだ。同じ部屋ではないけれど、ある意味同じ屋根の下。気軽に行き来できる距離である。

初めて親元から飛び出して、北海道から大都会へとやってきた。ほとんどの交友関係を地元に置いてきたからこそ、すぐ側に親友がいるのはそれだけで心強い。

だからといって、いつもベタベタ一緒にいるわけではない。新たな環境でわたしたちは別々な交友関係を育み、それなりに忙しい大学生活を満喫していたのだ。

高校まではあれをやれ、これをやれと、与えられたことだけをこなしていけばよかった。

その点、大学生は自由度があまりにも高すぎる。日常の変化は自らの選択に大きく左右され、人生の幸福と満足度は、まさに他人に転嫁できないほどの責任が伴うのだ。

ゲームが大好きな友人はそれを、一本道のＲＰＧから、サンドボックスにジャンル変更されたようだと語っていた。

いわくサンドボックスとは、砂場遊びのようなものらしい。決まった遊び方やゴールはない。用意された枠と道具の中で、好きなように遊べと言われるようなものだ。

ただしここは現実。ルールと自由制限がある。そこを外れるようなことがあれば、容赦なく社会というゲームマスターより制裁がくだされる。

時間制限がきたときに築き上げた世界。それを自らの社会ステータスや持ち物として、新たなステージに挑まなければならない。それが延々と死ぬまで続くのが、この社会なのかもしれないと語っていた。

言い得て妙である。

この前、ＳＮＳで流れてきた話を思い出した。

頭がよくて皆と同じことができ、教師の教えを実直に守る。社交性は二の次だからそれでいいんだよ？

頭が悪ければ皆と違ったことばかりをして、思いつきで行動する。取り柄が社交性だけの困ったちゃんだね？

学生時代は前者が評価され、後者が評価されない。

しかし社会に出た途端、それが反転するのだ。

頭がよくても、皆と同じことしかできない。言われたことしかできない指示待ち人間。社交性がないなんて、ほんと困ったちゃんだね？

頭がよくないが皆と違ったことに挑戦し、自分の判断で行動に移せるからイノベーションが起きる。その多動性と社交性の高さこそが、この社会が求めるものなのだ。

まさにものは言いようである。同じことをやってきたはずなのに、この違いは一体なんなのか。

大学はまさに半社会。社会が求めているものを発揮し、実演できる場である。失敗したとしても、社会人よりは取り返しはつくだろう。

なのでわたしは自らの判断、意思、選択を大事にしながら、学業をそこそこに交友関係を日々広げながら、人生の幸福と満足度を満たす日々であった。まさに華のキラキラ大学キャンパスな青春を、存分に謳歌しているのだ。

そんなわたしの青春に、決定的に欠けているものがあった。

それは『恋』だ。

自慢であるが、わたしは可愛い。その辺りの自覚はしっかりある。それこそ自らガッツガツ求めずとも、向こうからいくらでも男は寄ってくる。

医者、政治家、社長、資産家などなど。交友関係上、そういった社会的ステータスが高い親を持つ相手との出会いは、ただの日常である。

つまり、どれも同じような男にしか見えないのだ。

これでもわたし自身、いいところのお嬢様なので、お金に不自由をしたことはない。あれも欲しい、これも欲しい、もっともっと欲しいというほどの物欲はないのだ。

だからわたしは目先の物欲に釣られて、自分を安売りしたことは一度もない。関係を結んできた相手はいつだって、わたしから落ちて、求めた恋である。

恋と愛を失い、そろそろ二年が経とうとしていた。

それが先日、新たな恋に落ちてしまった。

忘れんとしていた恋の情熱。

蕩けるような甘美な愛。

それらが満たされたときの幸福に思いを馳せると、胸が躍って仕方ない。

新たな恋を獲得した喜びを、親友である椛に伝えたのだが、

「はぁ……」

わたしとは対照的な渋面を浮かべている。まるで奥歯に挟まった苦虫が潰れてしまったかのようだ。

長い長い大息を吐き出した椛は、

「で、次の犠牲者はどんな男なの？」

わたしの新たな恋を酷い言いようで表現した。

「む……次の犠牲者って、酷いじゃない」

全くもって遺憾である。いくら親友とはいえ、言っていいことと悪いことがある。

「犠牲者は犠牲者じゃない」

眉をひそめ、口をへの字に折り曲げ訴えるも、椛の面持ちと感想は変わらない。

「自身の恋の遍歴を忘れたのなら、思い出させてあげましょうか？」

という始末である。

わたしはそれに今度こそ、遺憾の意を表する。……ことはなく、不意打ちを食らったようにギクリとした。

決して忘れていたわけではないが、浮かれていたのは確かであったのだ。

「初恋の先生はどうなったかしら？」

わたしの初恋は、小学校五年生である。

相手は小学校の担任。学校では一番カッコよくて、スポーツ万能な爽やかな人だ。あの先生が担任というだけで、他のクラスの女の子は羨むほどに、誰もが憧れた。

積極的な女子は皆、キャッキャしながらいつも先生にまとわり付いていた。先生はそれを撥《は》ね除《の》けることはせず、コラコラ、なんて笑いながら相手にするのだ。

同時に大人しい女子だけではなく、男子を蔑《ないがし》ろにしない立ち回り。先生を信用しない子供たちはいなかったのではないだろうか。

保護者や他の先生たちからの信用も厚く、とにかく人気者であったのだ。

わたしのファーストキスは、そんな先生に捧げたのだ。

無理やりわたしが隙をついたのではない。

端的に言うなれば、先生は幼女愛好者《ロリコン》だったのだ。

「まどかだけが特別だからな。内緒だぞ?」

と告げられ、わたしたちは蜜月のときを過ごした。

先生からの愛情、そして信用が嬉しくて、「内緒だぞ?」には力強く頷いた。

当時のわたしは小学校五年生。こんな嬉しい秘密、内緒にできるわけがなかった。あの先生の特別であることを、周りに自慢したくて仕方なかった。

一週間後、一部の仲のよかった五人にだけ、その秘密を告げたのだ。そしてその内、四人が先生の特別だったのが発覚した。仲間はずれであった可哀想な子を、四人で慰める有様である。

それからは色々とあったが、結末だけを言おう。

先生はある日突然、職を辞したのだ。

その後、彼を見たものはいなかった。

わたしは母に泣かれながらも抱きしめられ、「もう大丈夫だからね」と慰められたのであった。

そんな痛い過去を早速突きつけてきた親友。その手がそれで緩むことはない。

「中二のときに付き合った、高校生の行き着いた先は？」

二度目の恋に落ちたときは、中学校二年生のとき。相手は高校生であった。

わたしは当時から可愛かった。ちょっと混雑した電車に乗れば、痴漢に目をつけられてしまうのは穏当の帰結であった。

明らかに女性から忌み嫌われるような、気持ちの悪い中年相手だ。わたしは恐怖に震えながらもされるがまま。魔の手がスカートの上から下着に伸びようとした瞬間、その悪事は取り押さえられた。

正義感溢れた高校生が、わたしを痴漢から救ってくれたのだ。

周囲の協力を得て、痴漢は捕まり駅員へと引き渡された。

救いの主は「怖かったな、もう大丈夫だ」と慰めてくれた。

恋に落ちた瞬間だった。

お礼をしたいからと連絡先を交換し、やり取りを重ね、一ヶ月後には想い合う関係へと至っていた。

中学生から見れば高校生は大人も大人。それもわたしを魔の手から救ってくれたヒーローだ。メロメロのメロメロであった。彼のためならなんでもしたい。あなたと大人の階段を上りたいとすら、婉曲《えんきょく》的に伝えたほどだ。

祝日。部屋に訪れたわたしは、彼と蜜月のときを過ごしたのだ。

唇を交わし、舌の味を覚え、上半身は一糸まとわぬ姿となり、最終防衛ラインに手がかかったとき、

「みっくん、大丈夫？　看病に――」

闖入者《ちんにゅうしゃ》が部屋に現れた。

彼の生まれてからのお隣さん。家族ぐるみの付き合いのある幼馴染。海外出張で一人暮らしである彼の両親から、自宅の鍵を預かっているほどの信頼関係。

端的に言うのなら、彼は二股をしていたのだ。わたしは浮気相手である。今日は熱が出て体調が悪いからと、彼女のお誘いを断っていたようだ。

幼馴染の彼女魂。リンゴを剥いてあげようと、ナイフを持って部屋を開けたら、まさに

幼い果実が収穫されようとしていた現場であった。

そこからは色々とあったが、結末だけを言おう。

高校生の彼はナイフで刺されて、病院送りとなってしまった。

保護されたわたしは警察署で母と再会を果たすと、抱きしめられながら「あなたは悪くないわ」と泣きながら慰めを受けたのだ。

痛くて痛くて仕方ない過去を思い出させる親友。猛攻はまだまだ止まらない。

「中三のとき、純潔を捧げた自称アーティストの最期は？」

次の恋に落ちたのは一年後。動画投稿サイトで活躍する人気の歌い手だ。

昨今の若者はテレビで映るアーティストよりも、インターネットで活躍する人気者に価値を見出す傾向になっていた。当時のわたしはそのご多分にもれず、テレビの流行り廃りとはまた違う、別世界でありながらすぐ近く、手が届きそうに感じる人たちに。

幼きわたしはその世界にどっぷりと浸っており、地下アイドルを追うことに価値を見出しているアイドルオタクのようになっていた。

色んな歌い手たちに魅了されたわたしだが、その内の一人が同じ都市に住んでいた。そんな手が届く場所にいたとはつゆ知らず、ＳＮＳでわたしはファンアピールを繰り返していた。

繰り返しになるがわたしは可愛い。ＳＮＳで写真を乗せると、物理的に繋がりたい男たちの劣情に晒され、日々気持ち悪いメッセージが送られてきている。

つまりその歌い手が個人的なメッセージを送ってくるのは、当然の帰結であった。

短いやり取りの後、メッセンジャーアプリを登録してくれたのだ。

そのときのわたしは、まるで芸能人に認められたかのような高揚感に満たされていた。直接通話したときのカッコよく、かつ甘い囁き。耳は甘美なまでの幸福にくすぐられたのだ。

気づけばわたしは恋に落ちていたのである。

一週間後には彼と直接出会うこととなった。

今思い返せば大した顔ではなく、カッコよくもなんともない。むしろ中の上にも至らぬ面容だ。けれど十以上も大人の彼を、わたしは盲目的に慕っていた。この両目には特殊なフィルターがかかってしまっていたのだ。

カラオケで捧げてくれるラブソングに、心はもうメロメロのメロメロだ。この人に全てを捧げ、添い遂げたいと願ったほどである。

四時間後、それを示すかのように大人の階段を上っていた。

「まどか、俺たちの関係が公になれば一緒にいられなくなる。内緒だぞ？」

と言われ、「内緒だぞ?」には力強く頷き、わたしたちは蜜月のときを過ごしたのだ。

当時のわたしは中学校三年生。内緒にできるわけがなかった。あの人気歌い手さんと恋人になれたのだ。この喜びを自慢したくて仕方なかった。

仲のよかった一部の二十人にだけ、その秘密を告げたのだ。そしてその内の五人が、彼のファンであった。

そこからは色々とあったが、結末だけを言おう。

人気歌い手さんのご尊顔とフルネームが、地上波デビューを果たしたのだ。

妬んだファンの一人がわたしたちをストーキングし、ホテルへ入っていく写真を盗撮して、雑誌編集者の家族に売ったのだ。

警察で事情聴取された後、生まれて初めて母親からビンタを貰った。

目を覆いたくなるような過去を掘り返してくる親友。かくして最後の一撃は放たれた。

「高二のときに付き合っていた社会人の末路は?」

高校二年生のとき、わたしは二十も年上のエリート社会人に恋をして、付き合っていた。

端的にいうなれば妻子持ちだったのが発覚し、色々とあったが結末だけを言おう。

彼は離婚し、職を追われ、多額の慰謝料のため借金を抱え、なにもかも失ったようだ。

わたしは彼の妻に秘密裏に呼び出され、全てを教えられた上で、「あなたはなにも悪くない。親には言わないから、あの男のことは忘れなさい。このことは誰にも言ってはいけないわよ」とありがたきお言葉を頂いた。

しかしこのまま忘れて、一人抱えていくには重すぎる失恋。一時間後、親友の椛を呼び出して全てを暴露したのだ。

「でも、向こうの奥さんがいい人でよかった」

と最後に締めくくったら、

「夫が未成年に手を出したから離婚した、なんて世間に知られたくなかっただけよ。子供がいるならなおさらじゃない」

椛に言われてそういうことかと納得した。

黒歴史。

もはやそれ以外形容のしようがない、わたしの恋の遍歴。その全てを久しぶりに突きつけられ、この胸はズキズキと傷んだのだった。

「あんたのほうから恋をすると、いつだって男が破滅に追い込まれる。相手はろくでもないから自業自得とはいえ、そういうのにばっかり引っかかってきたんだもの。あぁ、またか……ってなる私はそんなに酷いのかしら？」

ぐうの音も出ないほどに正論である。

昨今、ロジカルハラスメントなんて頭の悪い概念が、世にはびこるようになっていた。こんな言葉で相手を糾弾するのはバカだけだ、と思っていたが考えを翻そう。

まさにわたしは、椛にロジハラを受けている。

ロジハラ反対派にくるりと手のひらを返したところで、

「大学に入ってから、今の彼氏で何人目？」

なんてことを急に椛は聞いてきた。

「四人よ。あ、ちなみに今の彼氏っていうけど、恋した瞬間別れたから」

「はぁ……」

今まで別れてきた彼氏の数か、はたまた二週間前にできた彼氏との別れか。どちらにため息をついているのかわからぬところである。

「その内、キスまで行ったのは何人かしら？」

「もちろん、ゼロよ」

「なら、熱い抱擁は？」

「それもゼロ。腕を組むどころか、手だって繋いでないんだから」

「こっちに来てからのまどかは、身持ちが硬いのか軽いのか、わけがわからないのよ」

苦々しい椛の顔つきはなおも変わらない。

「男を取っ替え引っ替えしているかと思えば、手を握ることすら許さない。かといって貢がせたいわけでもないし、もったいぶってるわけじゃない。それはあんたの恋の遍歴が証明しているわ。あんたは一体、なにをしたいわけなの？」

「それはもちろん、恋よ、恋」

なにを今更と言い返す。

「そもそもわたしは、取っ替え引っ替えしてるんじゃないの。お試しの恋愛をしているだけよ。好きになれないとわかったら。もしくは他で恋を見つけたらすぐに別れるって、最初に了承を取った上で付き合ってるもの」

わたしは可愛い。相手には困らない。

向こうも初めから本気の恋ではない。ちょっと俺と付き合ってみない、という軽いお誘いに乗っかっているだけ。まずは形から入ってみて、恋という中身が生まれれば万歳であり、ダメならすぐに他を探しに行くのだ。

相手も相手で、そのときは上手く行かなかっただけだとすぐに他を探すのだ。揉め事や後に引かないよう、上手く立ち回っている。

事実、一人とも疎遠にならず、ギクシャクとしていない。最初からわたしに本気になっていたわけじゃないのがよくわかる。

そもそも目的は、わたしの心なんかではないのだ。

「男ってのはさ、女の身体をご褒美かなにかと勘違いしてるのよね」

身体である。可愛い好みの女の子なら誰でもいいのだ。

「これだけ君のためにやってあげたんだ。君のためにここまで頑張ったんだ。さあ、ご褒美を与えてくれ！　そんな考え方が透けて見えるのよね」

大半の男が考える、恋愛の着地点。

根っこのところが性欲を満たすのに直結している。何十ものベールを張り巡らせながら、いかに下心を感じさせず、一枚、また一枚と取り払いながら、そこへと導く男の欲望。

わたしはそれを悪だとは考えていない。始まりこそ真の恋や愛というものがなかったとしても、その先で生まれるかもしれない。盲目的に耽るだけで満たされる、人生の幸福と満足度はきっとあるだろう。

問題は男の着地点が透けて見えすぎて、すぐに興ざめしてしまうことにある。

はいはい、この顔が好みなのね。この身体が目的なのね、とわかってしまうのに、盲目的に耽けろなんて難しい話。工事現場の前で、布団を敷いて眠れと言っているようなものである。

「違うの。わたしはよく頑張りましたって、ご褒美を与えたいんじゃないの。男性に恋をしたいのよ。ああ、あなたのことが好きで好きでたまらないわ、ってこちらが満たされるような恋愛をね」

わたしは誰にでも身体を許す、尻軽女なんかではない。だからといって手を繋ぐのにも赤面するような、純情な乙女というわけでもない。

「キスをするのを許したいんじゃない。キスをさせてほしいの。わたしからあなたが欲しいと求めてしまうほどの、そんな恋愛がしたいのよ」

この身に触れる認可を出すような偉そうな女ではない。その身に触れる認可を求めたい女なのだ。

「だから自分がご褒美になれる男とじゃないと、唇を交わしたくないだけよ」

何度も繰り返すがわたしは可愛い。自らの社会的ステータスの高さの自認もあるし、可愛さだけで一つ二つ上のステージにいる男にも困らない。

かといって天秤が釣り合う相手がほしいのではない。向こうに大きく傾いてほしいのでもない。ただただ、天秤の向こう側にこの身を差し出したい、そんな恋を求めているだけなのだ。

今までの恋は残念ながら、社会のルールとモラル。いずれかに外れてしまったばかりに、報われない一時の夢として泡沫《うたかた》へと変わってしまった。後から振り返ったとき、黒歴史と呼べるほどの遍歴となったのだ。

それでも盲目的に恋に耽ったときの甘さを知ってしまったこの身には、社会の示す健全なだけものや、打算的な恋愛は耐えられない。

あなたに全てを捧げたい。

あなたの全てを知りたい。

瞳がハートマークになるほどの恋に落ちたいだけなのだ。

「それで、ついにご褒美になれる男を見つけたってわけ？」

そう、二年ぶりにわたしは恋に落ちたのだ。

あの人の手にこの頬を触れてもらいたい。唇を交わすのを許してほしい。この身を求めて貰えるのなら、喜びをもってこちらから全てを差し出したい。

両手を組みながら天井を仰ぐ。

「……ああ、タマさん。あなたは今、なにをしているの？」

初めて出会ったときの、凛々しいまでのお顔を思い出すと、乙女のため息しか出てこない。

「タマさん？」

「その人のあだ名。最近よく行く、バーのマスターの古い友人でね。マスターがそう呼んでるから、わたしも呼ばせて貰っているの」

椛の疑問に注釈を付け足すように答える。これを忘れてしまうと、わたしは猫に恋をしたのだと勘違いされるかもしれない。

訝しげに椛は、ジッとこちらの目を捉えてくる。

そうやって十秒が過ぎた頃、

「相手はまた社会人？　恋人はいないの？　奥さんは？　実はバツイチで子供がいるとかは？」

どうせ落とし穴があるんだろうと、椛は矢継早に可能性をあげつらう。

「ふっふっふ。今回の相手はね、社会的障害は一切ないのよ」

「で、実はフリーター？　もしくはニートとか？」

間髪を容れず椛は躓く要素を口にした。わたしの恋の遍歴を鑑みて、まともな人だという信用がないのだ。

「ちゃんと会社勤めしている人よ。営業職でもないのにスーツもよれてないし、いつもワイシャツがパリっとしてる、まさに模範的以上の社会人ね」

「実家住みのマザコンの可能性が出てきたわね。結婚して初めて、問題が起きるパターンじゃない」

次から次へと、よく悲観的な可能性を見出すものだ。

「親から自立した一人暮らし。社会人として、身だしなみと清潔感だけは欠かせないって」

「そういうのに限って、女にだらしないんじゃないの？」

わたしが恋に落ちた相手なのだから、絶対にろくでもないと椛は確信すらしている。

「もう、疑り深いのね。下卑たセクハラもしてこないし、横目で胸や脚を見てくる人でもない。誘い受けで連絡先を手に入れようとしたけど、全然乗って来ないいんだから」

「マスターの古い友人って言ってたわね。……なるほど、今度は枯れ専に走ったわけね」

「気持ち歳は離れてるけど、それでも十も離れてないのよ。今までのわたしの黒歴史を考えると、可愛いものでしょう？」

「……本当にまともな人なの？」

椛は信じられないものを見るような目で愕然としている。

失礼だとは思わない。親友なりに身を案じてくれているのだ。わたしの恋の遍歴、黒歴史はそれほどまでにろくでもなかった。

「まともまともまとも。五度目にしてわたしは、社会のルールとモラル。どれにも外れない、まともな恋を手にしたのよ」

表沙汰になっても咎められることのない恋。

それこそ社会的ステータスを天秤にかけて、外野がうるさく言うだけの恋だ。法の強制執行能力によって、引き裂かれる心配はない。本人たちが幸せならそれでいい。

そんな社会の示す、まともな恋をわたしは手に入れたのだ。

「そこまで言われると気になるわね。そんなまともな相手に、あんたがどうやって恋をしたって言うのよ」

「あれはまさに、運命の出会いだった」

わたしは両手を組みながら、素晴らしきあの日に思いを馳せたのだ。

◆

繰り返しに繰り返すが、わたしは可愛い。ただし来宮まどかの魅力は外見だけにとどまらず、内面にも着目してもらいたい。

ぶりっ子でもなければ、一番でなければ嫌なお姫様でもない。交友関係を築くのに打算を働かせてはいるが、なにも考えない頭お花畑よりずっといい。他人を立てるその様は、媚びるいやらしさを感じさせないのだ。

常日頃、異性以上に同性への気遣いを心がけている。

敵に回したら一番恐ろしいのは同じ女だ。それは中学三年生のときに、嫌というほど思い知った。たとえ誰かに言いたくなるような自慢話も、胸の中に留めるのが吉だと学んだのだ。

わたし可愛いという自認アピールこそしないが、否定しすぎると嫌みになる。その辺りも上手く計算して振る舞っているつもりだ。

交友関係のそうした立ち回りは、上手くこなしている。その結果、同性受けもよく、年上からは可愛がられる立ち位置にいた。

お酒の味に慣れ始め、お上品なお店にも行き慣れて、交友関係を十分に築いて、とにかく色々と慣れ始めた頃。

姉御肌系女子、カスガさん主催の行きつけのお店巡りである。

その集まりは男女半々。けれどあれは、決して映えた輝かしい集まりではない。

舞台は下町情緒溢れる飲み屋街。立ち飲み屋なるものをハシゴしたのだ。多くて二杯グラスを空けたところで、次の店を代わる代わる渡り歩いていた。

渡り歩く中、わたしが途中脱落しなかったのは、自らの許容量を把握していたこともあるが、カスガさんに信頼を置いていたこともある。なにがあっても男共には指一本触れさせない、安心して身を委ねろ、みたいなことを仰ってくれたのだ。

カスガさんがもし男なら、わたしはメロメロのメロメロで恋に落ちていたかもしれない。そのくらい立ち居振る舞いがカッコイイ女性なのだ。

巡りめく下町情緒溢れるハシゴ酒。その最終駅。カスガさんがわたしとしっぽりムフフとしけ込むんだと、男共をシッシと返した先でたどり着いた。

今までの加齢臭溢れる雰囲気とは打って変わって、こぢんまりとしたそのお店は、カウンター席のみであった。照明は気持ち暗く、先程までのようなわいわいはしゃぐ会話をするのが躊躇われた。

バーに足を踏み入れたのは初めてではない。遠回しにご褒美を与えてくれとねだられる際、二軒目以降によく連れてこられる。

だから臆することもないし物珍しさもない。

いつもと違うのは出迎えてくれたのが、麗しき美女一人であったこと。雑誌モデルのような身体つきに、気品ある面立ち。お店のママと呼ぶには気後れするほどに若い、けれど学生に見えるほどの幼さもない。大人の女性と呼ぶに相応しい妙齢の美人であった。

カスガさんはその女性をマスターと呼び、親しげに言葉を交わす。対等というわけではなく、かといって謙ったものでもない。わたしがカスガさんを慕うような、尊敬する年上を敬うものである。

女三人寄れば姦《かしま》しいとなることもなく、落ち着いた会話を繰り広げ、静かに盛り上がったのだ。

翌朝、目覚めると見知らぬ天井。隣にはカスガさんの姿。

どうやらカスガさんと同衾《どうきん》してしまったようだ。もちろんそこは女同士なので何事もなく、あったのは苦しいまでの二日酔いだ。トイレとお友だちとなる、男の人の前では見せられない醜態。苦しみながら見苦しい姿を、カスガさんの弟くんの前で晒してしまったのであった。

それはまた別の話。永遠に語らない閑話とする。

誰が見ても楽しそうなキラキラ華の大学キャンパスライフを送っているが、これでも気苦労は多いのだ。全ての悩みは人間関係の悩みだと、アドラーさんも極端な格言を残すだけあり、交友関係を広げ、維持していくのは楽しいだけではいられない。吐き出したい毒というものが、汚泥のように胸の内に溜まっていくのだ。

一番大事にしている友情は椛である。たまに愚痴る分には許されるだろうが、会う度に薬にもならない毒を吐き出し続けば、聞いている方だって気が滅入る。わたしは親友を毒抜きのゴミ箱にするほど、友情に不義理な女ではなかった。

だからといって溜まったその愚痴を、東京で築いた交友関係に吐き出すわけにはいかない。何気なく零したそれが、どんな形で関係者の寝耳に入るかわからない。

女の口の軽さほど信用ならないものはない。もう一度言う。女の口の軽さほど信用ならないものはない。それは過去の全てが証明している。

だからマスターの信奉者となってしまったのは必然だったのかもしれない。

聞き上手というか、引き出し上手なマスター。相当酔いが回っていたとはいえ、カスガさんの前でわたしの恋の遍歴。中学二年生編まで語らされていたのだ。

思い出すがまま一人で再訪すると、わたしのことはちゃんと覚えてくれており、二度目にして黒歴史を全て吐き出してしまった。

お酒という潤滑油があれど、ここまで話すつもりはなかったのに……みたいなことまで語ってしまう。マスターの人生経験のなせる技か。これから十年も経たず、ここまでの境地に達せられるかと問われれば、わたしには無理だろうと断言できる。

マスターと話しているのは心地よい時間であり、憂えることなく愚痴を吐き出し続けられる。マスターも笑ってそれを受け止め、人生の先達者として目から鱗の神託を授けてくれるのだ。

そうやって週に一度のペースで通っている内に、クルミちゃんなんてあだ名をツケられた。名字である来宮から取ったものであり、安直なあだ名にもかかわらず、特別扱いされているようで嬉しかった。

心の内を簡単に引き出す大人の魅力。もしマスターが男性であったなら、今頃メロメロのメロメロであり、恋に落ちてしまっていただろう。それほどまでに、マスターはそこらの大人とはひと味もふた味も違うのだ。

そうやってわたしはすっかり店の常連となった、時は遡ること二週間前。

マスターのお店に訪れるときは、チェーンのサンドイッチ店のサラダで夕食を済ませるのが恒例となっていた。そのお店が大好きというわけでもなければ、菜食主義というわけでもない。そこそこの味で、かつお腹に軽く溜められるからだ。

ではなぜお腹に溜めるか。それはマスターからの助言である。空の胃にお酒を流すとすぐに酔いが回ってしまうから、軽くでいいからなにか食べてきなさい。と、みっともない酔いかたをしないための予防対策であった。

その日もまずは、サラダをペロリとするために足を延ばしていた。

帰宅ラッシュの時間帯ということもあり、道行く人たちの足取りは慌ただしい。

電車一本乗り遅れただけで、取り返しのつかない災厄に飲まれてしまう。街の雑踏はそんな予言を信じて、逃げ惑っているようにも映った。

歩道橋を下っていくわたしは、そんな予言を知らされていない。落ちていく夕日のように、時間に追われずゆったりと、一歩一歩踏みしめていた。

忙しないこの街並みは、そんなノロマを許せなかったのかもしれない。

時間という災厄にその背を押された者が、階段を駆け上がってくる。端に寄っていたにもかかわらず、我が物顔で中央を行くその肩がぶつかってきたのだ。

一歩踏み出さんとしたところふいに襲った衝撃。勢いに押されるがまま、後ろに倒れそうになった。片足でなんとか踏みとどまりながらも、バランスを保つため自重を大きく前に傾けた。

「あっ」

その勢い余って、そのまま前に倒れ込む。

下り階段の先に、転がり落ちんとしていく未来が脳裏に過ぎった。

かくしてそれは転がり落ちていった。階段に何度も打ち付けながら、終着点まで止まることはない。最後にはコンクリートに叩きつけられて、その回転は終わりを迎えた。それはピクリとも動くことはない。

なにせ無機物だ。社会人がよく手にしている鞄である。

呆気に取られながらも感じたのは、腕に込められた力強い熱量。

鞄の行く末を見届けた後、腕を引かれるがまま振り返る。

「大丈夫か？」

わたしの身を慮る声がかけられた。

腕に感じる熱量はこの身を繋ぎ止めた手。もう一方は手すりを握りしめており、どちらかのものが鞄を放り出したのだ。

黄金色に焼けた空。それを背にした姿は、まさに後光が差しているかのように眩しかった。

ドクリ、と心臓が大きな鼓動を鳴らした。

身の無事を案じたものではない。この胸の高鳴りは、では一体なにが原因で引き起こされたのか。その想いと向き合う時間が今はない。

「あ、ありがとう、ございます……」

体勢を立て直すと、差し出すべき感謝をまず述べた。

まさに間一髪。考える間もなく救いの主は、手を差し伸べてくれたようである。わたし以上に、この身が無事であることをホッとしてくれている。

ここは階段の道中。いつまでいても邪魔である。

落ちていった鞄を追いかけ、通行人の妨げにならないよう避けた先で、

「本当に、ありがとうございました」

深々と頭を下げたのだ。

「その、鞄が……」

わたしの代わりに犠牲となったスケープゴートに目を向けた。

今回の出来事は、わたしの不注意で起きた出来事ではない。それでも見ず知らずの他人を助けるために、咄嗟に鞄は投げ出されたのだ。申し訳ない気持ちが湧く礼儀くらいは持ち合わせていた。

「ああ、いいよ。気にしないで。どうせ安物だ」

救いの主はあっけらかんと、鞄を叩いて汚れを落とした。

そこで初めて、救いの主の姿をまじまじと眺めた。

社会人。それ以上形容しようがない、スーツ姿の二十代男性だ。その外見に尖った特徴こそ見いだせないが、どこに出しても恥ずかしくない清潔感溢れる身なり。それだけで好印象であった。

特にその社会人装備。お高いブランド品でこそないが、クリーニングに出したてのようにパリっとしている。今日が特別なのか、はたまたいつもこうであるのか。もし後者であれば手放しで褒められる。

さて、誰もが知る通り可愛いわたしであるが、まるでドラマのような展開で助けられてしまった。

可愛いなんて言葉は、挨拶のように言われ慣れているが、このまま続けて、

『可愛い女の子が傷つくほうが、よっぽど問題だよ』

どれだけキザったらしくあれ、こんな台詞をさらっとかけられようものなら、メロメロのメロメロになってしまうだろう。

ただし、メロメロとなる台詞はかけられない。

「じゃあ、気をつけて」

救いの主はあっさりと立ち去ってしまったのだ。

ドラマのような展開。ヒロインのように可愛い女の子を助けながらも、下心を抱くこともなく、次に縁を繋げようともしてこない。

まさに当然のことをしたまで。

そう言わんばかりの背中に、この胸は大きく高鳴ったのだ。

頬が熱を帯びているのを感じる。きっと赤く染まっているが、それは夕焼けのせいなんかではない。

まさにメロメロのメロメロである。

「あっ」

階段から落ちそうになったときの音を漏らした。

この身の代わりに落ちたものに気づいてしまったからだ。

恋。

二年ぶりに獲得した恋情が、この胸を満たしていたのである。

もう忘れんとしていた恋の情熱、その甘さ。成就したときの幸福。それを思うと胸が躍ってしまった。

だが失敗したと思い知ったのだ。

恋の余韻に浸り、一歩も動けずいる内に、恋した背中を見失っていた。

二年ぶりの恋に出会えたはずが、二度目の出会い方がわからない。

後、十秒早く恋心を自覚していれば、その背中を追って、お礼をさせてくださいと次に繋げられたのに。

「あぁ……もう！」

自らの愚かさを責め立てるように顔を覆った。

会いたい。でもどこで会えるかもわからない。

歩道橋でこの時間、ここで待っていたらと考えたが諦めた。毎日ここを通っているとは限らない。あの身なり、営業職の可能性もある。たまたま今日はこっちに足を延ばしていただけで、滅多に現れない可能性もある。

新たな恋に出会いながらも、早速逃してしまった。

後悔は悲哀という名の槍となり、恋する胸に深く突き刺さった。

嘆息を漏らしながら肩をすぼめた。

枷をつけられたかのような足取りで、トボトボと予定の地へ向かう。

エビとアボカドサラダを突《つつ》きながら、何十ものため息を漏らし続ける。幸せをひたすら野に放っていると、あっという間に夕日は沈んでいた。

黄金色に焼けた空を背にした、救いの主の姿が頭から離れない。

ドラマのような展開は助けられるまで。その後はあっさりと別れてしまった。

恋を愛する乙女であるけれど、ある日ばったりなんて偶然を期待するほど、頭にお花畑は耕されていない。もう二度と出会えない諦観が、この胸を締め付けるように占めていた。

どこか意外な場所、それこそ足繁く通うお店などで再会なんて、ドラマだけの世界。もしそんな奇跡が起きたのなら、まさしく赤い糸で結ばれた運命である。

運命の赤い糸。どうすれば手繰り寄せられるのか。

予定とは違った相談、という名の愚痴話。マスターが喜びそうなそれを手土産に、日常と非日常の境界線。重厚な扉を開け放った。

「あら、いらっしゃいクルミちゃん」

「こんばんは、マスター」

挨拶を交わし、定位置へと着こうとするとそれに気づいた。

オープンしてまだ三分と経っていない。一番ノリだと思っていたら先客がいた。

別に驚くほどのことではないのだが、空にしたグラス、それをマスターに差し出している ところであった。

いくらなんでも提供から空にするまでが早すぎる。

不思議に首を傾げそうになると、

「あっ」

その横顔に驚嘆した。

漏れ出した本日三度目の音。

新規客に見向きもしなかった横顔は、音に注意を引かれたようにこちらを向いたのだ。

「あれ、さっきの?」

救いの主がいたのだ。

赤い糸によって手繰り寄せられたとしか思えない。

まさにドラマのような運命の再会が、ここで果たされたのだ。

◆

「こんなドラマがあったのよ」

得意げなまでの声を上げながら、あの日落ちてしまった恋について語ったのだ。

わたしの恋の遍歴、黒歴史。その話にはいつだって椛は顔をしかめ、眉間に深い皺を刻んできた。

「……本当にまともじゃない」

ただし今回に限ってそれはない。大きく目は見開かれ、綺麗なまでに眉間の皺は伸びていたのだ。

親友の新たな恋。それに感動し共に喜んでくれている……というわけではない。

その目は信じられないものを見るそれとなにも変わらない。

わたしの新たな恋は、椛にとって宇宙人の存在証明と一緒なのだ。

非礼とも言えよう椛の反応に憤ることはない。わたしが恋することへの信用が、地べたを這うどころか、マントルまで突き抜けている。

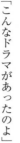

わたしの恋の遍歴を振り返った先は全てが黒歴史。胸を張れるものなど一つもない。

全ては恋の盲目さが招いたもの。恋をしているときのわたしの目は、まさに節穴。その自覚くらいはちゃんとある。

それでも今回ばかりは、非の打ち所がない恋だ。堂々と椛を前にして胸を張れる。

なによりあの椛から、『本当にまともじゃない』とお墨付きの言葉を頂いた。これで憂いなく新たな恋に耽けられるというものだ。

「マスターもそうだけど、タマさんもね、そこらの大人とひと味もふた味も違うのよ。社会は綺麗事だけでは語れない。正しいだけの考え方や価値観だけでは、必ずどこかに歪みが生じる。その歪みを正したいのなら、清らかなものを闇雲に押し付けるだけではダメ。濁ったものと正しく向き合って、清濁併せ呑むことこそが大事なんだって。まさに大人の男って感じよね」

それで気分がよくなって、つい調子に乗るようペラペラとこの口は回りに回った。

そういう意味では四番目の恋。妻子持ちは自己がない大人だった。言葉に中身がなく、言っていることとやっていることが違うのだ。まさにこの口の回りのように、ペラペラな人間性だった。

そんな男に引っかかったわたしは、まさにあのときは若かったである。

「その人、いくつなの？」

「今年で二十六歳だってさ」

「ていうことは七つ上ね。……そんな大人が小娘みたいな相手に、偉そうに社会語りするとか、なんか鼻につくわね。ナルシストでも入ってるんじゃない？」

椛はどうやら、まだわたしの恋に納得がいっていないようである。絶対にどこかで落とし穴がある。眉間に刻まれた皺はそう物語っていた。

ムッとはしない。わたしはただ、この恋の無罪を証明するだけだ。

「ちょっとした流れで、そんな話になっただけよ。自分に酔ってる風じゃなかったもの」

「……本当に？」

「ナルシストどころか、自身の話になると面白おかしく語ってくれるんだから」

「例えば？」

「あの近隣に住んでるらしいんだけど、一軒家を借りてるらしいの。駅から徒歩十五分。庭付き二階建ての４ＬＤＫ」

「そんないい立地条件の一軒家を、その歳で借りてるの？　会社勤めの一人暮らしなのに？」

自慢話に聞こえないでもない、タマさんの居住区事情。ただし自慢話じゃないと突っ込むのではなく、一人でそんな場所に住んでいる驚きのほうが強かったようだ。

「……それがさ、月四万円らしいの」

「はぁ？」

初めて聞く言葉を耳にするように、椛は首を傾げた。その意味に思い至ると、恐る恐る口を開いた。

「……もしかして、そういう物件？」

「そういう物件」

わたしは大きく首肯した。

「凄いのよ。一家心中、押し入り強盗。カルト宗教やネットで募った集団自殺。その死者数、なんと四十人だって」

「ヤバイ物件じゃない」

「そ、ここからがもっとヤバイのよ。流石に取り壊しが決まったらしいんだけど、次々と工事に関わる人や機材に不調が起きて中止になったのよ。それも五回も。お祓いに呼ばれた僧侶の人は心筋梗塞で倒れて、そのまま亡くなったとか。取り壊しはそれで断念。近隣住民も怖がってる家だから、タマさん、町内会にも入れて貰えず無視されてるらしいのよ」

「大丈夫なの、その人……？」

おずおずと椛は聞いてくる。不安に満ちた眼差しは、タマさんの身を案じたものか、はたまたそんな相手に恋をしている親友を慮るものか。

椛の気持ちはわからないでもない。初めてその話を聞かされたときは、そんなヤバイ事故物件が本当にこの世にあるのかと慄《おのの》いた。しかも恋する相手の住居である。明るいニュースのように語るタマさんを疑って、マスターに目を向けると頷かれたのだ。その話は本当であり、わたしを担いだものではないと。

恋は盲目なわたしと言えど、流石にタマさんの正気を疑ったほど。なぜそんな事故物件に住んでおきながら、ここまで楽しそうにしていられるのか。

「それがね、タマさんは笑ってこう言うのよ。実害どころか近所付き合いもない、近隣八分は素晴らしい。華々しい経歴と輝かしい戦歴に示すべきは、まさに敬意と感謝。あのホラーハウスはまさに俺の守り神だ、ってね」

その答えはあまりにも現実的であった。

過去はどうあれ今は今。実害などないのだ。むしろそんな過去のおかげで、今の環境を享受できているのだ。凄惨な過去を生み出し、尾を引いている事故物件をそこまで前向きに捉えられるとは。

胆力と言うべきか、はたまた人生観か。

過去に流されず清濁を併せ呑んだその生き方。やはりタマさんはそこらの大人とはひと味もふた味も違う。

「うまい話にはやっぱり裏があったわね。頭がおかしいじゃない、そのタマさんって人」

残念ながら椛には、その生き方がマイナスに映ったようだ。

わたしからする恋はいつだってろくでもない黒歴史となる。今回もやっぱりそれは変わらないではないかと、安心すらしている口ぶりだ。ああ、よかった、なんて幻聴すら聞こえてきたほどだ。

「まどか、あんたのためを思って言うわ。その男は止めなさい」

純度百パーセントの慮る心が、矢となりこの胸に突き刺さる。

椛は真面目が服を着て歩いている性格だ。わたしとは違い、社会のルールとモラルを大事に尊び、人の見えない場所でも赤横断一つしてこなかった。

厳しく躾けられたわけではない。自らを正しく律しているのだ。

人は皆、こうあるべし。社会規範の象徴だ。

なにせ大学生になったというのに、まだ成人じゃないからとお酒を口にしていないほど。

来年の四月、誕生日を迎えるまでのお楽しみだと未だに取っているのだ。

かといって自らの生き方を他人に押し付け、取り締まってくる風紀委員長ではない。ルールを破るからには自己責任。他人の生き方に一々干渉するほど暇じゃない、との格言。

人から見られないところでこそ、守らなければならないものがある。

聞こえこそいいのだが、ルールとモラルを逸脱する遊びと融通が利かない。褒められることではあるが、親友としてはもう少し、余裕ある楽しみを享受してもらいたいところ。本人は選んだ生き方に息苦しさを感じていないのだから、ただの余計なお世話なのだろうが。

そんな親友が、珍しく強い語調でこの恋を止めてきたのだ。

客観的な椛の言葉に怯みそうになった。

わたしは恋をすると盲目となる。その自覚があるからこそ、もしかしたらまた新たな黒歴史を積み上げる恋なのかと、思わないでもないのだ。

同時にタマさんの発言はそれほどのものか、という考えも強くあった。

返答ができず、迷い悩んでいるこの顔に、

「親友がいいように遊ばれて、泣きを見ている姿はもう見たくないわ」

椛は困ったような微笑を浮かべた。

真っ直ぐなまでの純度百パーセントの友情。胸が高鳴りトキめいたりなんてしないが、打つことくらいはした。

常々惜しく思う。なぜ椛は女に生まれてしまったのか。男に生まれてきてくれれば、小学生の時点でメロメロのメロメロであり、身も心も差し出していたのに。

椛は親しい人間には情が深い。

第四の恋が破れたとき、呆れながらも心に寄り添い慰めてくれた。もういっそ椛となら女同士でもいいのでは、と気の迷いが生まれたくらいである。

「ま、あんたのことだから、簡単に諦めるわけないでしょうけどね」

椛は苦笑しながら肩をすくめた。

いくら親友からそんな心配をされようとも、簡単に諦められる恋ではない。わたしのことをよくわかっているからこそ、今の恋を諦めるのを諦めているのだ。

「でも今回の恋は、一目惚れみたいなものでしょ？　なら相手のことなんて、まだ知らないも同じじゃない」

「同じじゃないから。タマさんのことは、もう十分知ったもの」

「その人と会ったのは何回？」

「お店で二回ほど」

「つまり二回で知れる程度の、安い人間だったと。まるで前の男みたいな人のようね」

「うっ……！」

椛は頬杖をつきながら、意地の悪い目を向けてくる。

わたしをバカにしたいわけではない。かといってタマさんをコケにしたいわけでもない。そのくらいはわかっていたからこそ、怯むように詰まったのだ。

「あんたはいつも、直情的かつ性急すぎるのよ。まず相手の上辺に恋をして、中身を知る前に成就するもんだから、最後には痛い目にあってきたんでしょう。その辺りの自覚はどうなのかしら？」

「……ないことも、ない」

「ないこともないなら、今回は改めなさい。男は女の身体をご褒美だと勘違いしている、って言ったのは自分でしょう？　まどかからご褒美を下賜されるなら、男は両手《もろて》を上げて喜ぶに決まってるじゃない。なにせ恋や愛なんて面倒なものを、育てなくて済むんだもの。あんたの恋は、男にとって鴨《かも》にネギと一緒なのよ」

「……うぅ」

椛の正論は容赦がない。そのロジハラは効果が抜群なほどに胸にしみる。

わたしは可愛い。これは世界の真実だ。こちらから攻めずとも、誘い受けで一発である。少なくとも今までの恋は、そうやって向こうから手を出させるよう仕向けてきた。恋をした男性の前では純情ぶりたい。求められたから応えたということにしたかったのだ。

「相手の心に恋や愛が育つ前に、可愛さ一つで交際にたどり着く。そういう意味では、あんたの可愛さはまさに罪ね」

「……褒め言葉と皮肉、一体どっちなのよ」

「両方よ」

椛はニヤニヤとしている。

皮肉はあっても悪意はない。

恋は諦めろと言っても聞かないのなら、せめて慎重になれとの忠言。遊ばれ泣いているわたしの姿を見たくないだけの、親友がもたらしてくれた友情なのだ。

「はぁ……」

自らの過去を改めて振り返り、大きなため息が出てきた。

ロジハラに苦しむほどに椛の言うことは正しすぎた。そうやっていつも失敗してきた。

過去からなにも学ぶことなく、直情的に、かつ性急に恋を推し進めてきたのだ。

確かにわたしの恋の遍歴は黒歴史である。社会の示す真の恋や愛とは程遠い。けれどそこに生まれた恋の甘さ、胸が蕩けるほどの幸せは本物であったのだ。

あの幸せをこの胸に宿したいからこそ、褒美を与えたいのではなく求めたい。ご褒美の甘さに蕩けたいのだ。

そういう意味でわたしは、ご褒美を欲しがる男たちとなにも変わらないかもしれない。

「ご忠告どうも。今回は作戦を改めて、ことを進めてみることにする」

「ほら見なさい、って得意げな顔をするくらいの武運を祈るわ」

椛は期待するかのように微笑んだ。

わたしを思ってその男は止めろと言いながらも、目にものを見せろと言った。五度目の恋はまともなものであれと、報われてほしいと願ってくれたのだ。

親友は親友であるという、改めて友情を感じた一幕。それこそこんな親友を持てたことに誇らしくすらある。

なにせ椛は容姿端麗、才色兼備、頭脳明晰《めいせき》、品行方正などパッと思い浮かぶ、意味合いが似たような四字熟語に相応しい才媛だ。

わたしの可愛さを罪だなんて評してくれたが、椛の美しさもまた罪である。

窓際でちょっと物憂げな顔をすれば、深窓の令嬢に早変わり。口を開けばそんなことはないのだが、それに騙される男が多いのも事実である。

ゲーム好きな友人は、かつて椛の容姿をこう例えた。

こじらせた童貞がいかにも好きそうな黒髪の乙女。

親友をこんな表現に落とし込みたくはないが、これ以上に言い得て妙な例えには未だ出会えていない。

椛が通う大学は日本一。勝手なイメージであるが、親に厳しく律しられ、勉強だけをやってきた男たちの坩堝《るつぼ》。交友関係に打算と社会的ステータスを持ち出すわたしとは違い、ちょっとのことでは椛は差別をしない。

そんな椛に人間扱いされるのだ。女に縁なき男たちはそれだけで虜になるに違いない。

実際に高校では、勉強ができるだけの冴えない男たちを虜にしていた。

かつてのストーカー騒動のように、勘違いした男たちの被害にあわないか。初めて学校が分かれた今、それだけが心配である。

でも、過度な心配は杞憂だろう。

計算高いわたしと違い、椛は自然体に振る舞っているだけで人望を集める才媛だ。きっと大学でも多くの味方をつけているに違いない。大学の出来事をいつも楽しそうに語っているのがなによりの証明だ。

とにかく椛は完璧人間。欠点など見当たらないのが欠点だ。

……そう思っていた時期が、わたしにもあったのだ。

それはこうして椛の部屋を訪ね、トイレに立ったときに一番思い知るのだ。

「はぁー……」

便器を覗き込むと、今日もそれはあったのだ。

流し忘れたものが残っていたわけではない。水たまりの周辺に黒い輪っかがあるだけ。だけであるが、それこそが問題であった。

トイレから戻ると早速家主を睨《ね》めつける。

「椛さーん」

「うっ」

椛は肩をビクリと震わした。これからなにが起こるのか。そんな未知に震えたのではない。これからどんなお小言が待っているのかわかっている後ろめたさである。

「トイレ掃除を最後にしたのは、一体いつなのかしら？」

「き、昨日……」

「は？」

「のように覚えてるわ」

目を泳がしながら椛は弁解した。

「はぁ……」

なまじ頭が回る分、子供のように見苦しすぎて嘆息が出た。

「あの様子だと、前回わたしが来たときが最後でしょう？」

「そ、そうね……。あのとき掃除したのが最後よ」

「あのとき掃除をした？」

「まどかが掃除してくれたのが最後、です……」

低い声音で凄むと、椛は敬語に切り替えた。

掃除を満足にされていないのは、なにもトイレに限った話ではない。家電や家具周りに被っている埃。床はロボット掃除機のおかげでなんとかなっているので、汚部屋でこそないが全体的に小汚い。

一度外に出ると身なりは整い、皺一つない衣類に包まれている深窓の令嬢も、部屋の中はこの惨状だ。

これこそが椛の欠点。人の見えないところで、自分だけで完結することになると、途端にだらしなくなるのだ。

掃除だけではない。食生活もそうだ。

初めこそ気合を入れて揃えた調理器具は、一ヶ月もかからず棚のこやし。炊飯器は埃をかぶり、パックご飯が大量常備。それら全て玄米ご飯なのがまた小賢しい。

冷蔵庫の中は、十秒チャージのゼリーや健康系ドリンク、炭酸水などばかり。冷凍庫を開ければお取り寄せ系冷凍食品オンリー。湯煎なんて面倒なものはなく、レンジでチンできるものばかりだ。

洗い物一つ出したくない鋼の心を持って、割り箸や紙皿を大量常備。インスタントコーヒー一つ飲むのに、毎回紙コップを使う有様。環境に気を遣ったエコ精神は、それらと一緒にゴミ箱行きである。

その上でほぼ外食だ。近隣で食べるときは、椛にお店を任せれば間違いない。ここに引っ越してから四ヶ月と経っていないのに、老舗から新規店までとにかく詳しいのである。普段は健康に気を遣ってか、サラダバーとかサラダボウル系の店など、細かいレビューができるほどに通い詰めている。

とにかく日常の手間をかけたくない最適化された私生活。こじらせた男たちも、これには百年の恋も冷めるだろう。

「椛さ……前から言ってるけど、せめて週に一時間くらい、掃除する時間を取りなさいよ。そこまでの手間じゃないでしょう、このくらい」

「……明日こそは、って思っている内に、ね」

「内に、結局やらないのね」

目を合わそうとしない困ったちゃんのせいで、眉尻が下がってしまった。

中学生のときに、椛はお母さんを亡くしている。並の家庭ならそこで必要に迫られ家事を覚えるところであるが、文野家は裕福層である。全てお手伝いさんがやってくれているからこそ、家事の手伝いというものをやってこなかったのだ。

それに慣れきったせいだろうか。やればできることをやらない。身なりや清潔感など人に見られる部分はしっかりしているが、見られないところは最低限に抑えようとするのだ。

「椛はやればできる子のはずなんだけど……なんでやらないかな」

「やろうとはしてるんだけど……ただ、ちょっとやる気がね」

「その言葉、ぜひ楓ちゃんに聞かせてあげたいものね」

「うっ……」

チクリと言うと椛は怯んだ。

椛の三歳年下である妹の楓ちゃん。彼女は世に言う引きこもりなのだが、そこは椛の妹なだけあり優秀である。いや……優秀すぎたのだ。

小学校以来、学校の教室に足を踏み入れていないにもかかわらず、中学校のテストは常に学年トップ。三桁以外の数字は見たことがないらしい。

誰の教えも受けずにこの結果なので、最近まで引きこもりであることを許されてきた。しかし元々が引っ込み思案の娘である。長い引きこもり生活は、家族と満足に受け答えができないという深刻な問題を抱えさせた。

いよいよ高校受験を控えたところで、お父さんもようやく危機感を覚えたようだ。椛と同じ大学への進学を望んでおり、それを実現できる能力こそあっても、大学生活を満足に送れるほどの社交性が備わっていない。高校からはちゃんと通い、最低限の社交性を身に付けろとお達しがくだったようだ。

楓ちゃん自身は、高卒認定か通信高校で妥協したかったようだが、それは許されず。わたしたちの母校を受けさせられた。そこは簡単に合格したようであったが、

「そういえば楓ちゃん、ちゃんと学校に通えてるの？」

ふと気になった。

中学校すら満足に通えていなかった楓ちゃんに、あの校風は厳しいのではないか。それこそ千尋の谷から突き落とす行為であり、身の丈を考えていない蛮行だ。とてもじゃないが楓ちゃんが這い上がって、成長できる環境とは思えない。

椛は妹思いであり、楓ちゃんの引きこもりをなんとかしようと、あれこれと手を尽くしてきた。実を結ばない話は沢山聞いてきたが、こっちに来てからは一度も楓ちゃんの話は

していなかった。

「ええ、ちゃんと通えているわよ」

　現実から逃げるかのように背けていた顔を向けてきた。満面に喜色が彩られているのは妹の近況のゆえか、わたしの叱責から逃れられたからか。どちらなのか判別がつかない。

「へー、よかったじゃない。その様子だと、ちゃんと楓ちゃんと連絡は取ってるのね」

　聞いた手前であるが、椛の返答には面食らった。

　ここ数年椛は、楓ちゃんと満足に会話もできていなかった。

　基本部屋に閉じこもっており、椛から話しかけても顔を俯けているだけ。蚊の鳴くような声で、辛うじてYESかNOに準ずる言葉が出るくらい。学校の話になるとそれも出てこないとのことだ。

　そんな楓ちゃんと連絡を取れている。電話をしている姿も想像できないので、メッセンジャーアプリなどで近況報告を受けているのかもしれない。

「いいえ。こっちに来てから一度も取ってないわよ」

　あっけらかんとそれは否定された。

　どういうことかと小首を傾げる。

「あれ……あ、そっか。お父さんから？」

「あの人が娘の近況を、一々報告してくるわけないじゃない。楓のことで連絡があるとすれば、問題が起きたときくらいよ」

閃いた答えもあっさりと切り捨てられた。

母親を亡くし父子家庭となったが、そこに親子の絆は皆無。父親からはいつだって優秀な娘であることを求められ、椛は文句一つ言わずに淡々とそれに応えてきた。

養って贅沢させてくれる感謝について椛は、

「成功報酬を受け取っているのと同じね」

と語っていた。

「父親としてはあれだけど、あの人のことは社長と考えればいい職場と思うわよ?」

自らの親子関係をそう評する始末である。

常々思う。よくそんな父親のもとで、ここまでまっすぐに育つものだ。それもこれも全て、亡きお母さんの育て方がよかったのかもしれない。

それとして情報源は、本人からでもお父さんからでもないとなると……

「じゃあ、お手伝いさんから教えてもらってるの?」

「便りがないのはよい便り、って言うじゃない。なにも連絡がないってことは、ちゃんと通えているってことよ」

心配なんてまるで知らない顔で、にこやかに椛は言い切った。

愕然とした。それこそ信じられないものを目撃して、目を剥いてしまうほどに。

「今だから思うの。楓のこと、ちょっと甘やかしすぎたかもって。せめて服くらいは、せめて身なりの手入れくらいは。せめてせめてせめて。くらいはくらいはって。あれもこれもと過干渉に世話を焼きすぎたのよ」

過去の過ちを反省するように椛は息をつく。

「それが間違いだったのね。わたしが手を引かなくても、楓はちゃんと立てる子だった。むしろ私が、あの子の成長を阻害していたのかもしれないわ」

次はかつての失敗の中に、喜びを見出したように柔和な笑みを浮かべた。

「神童だなんだって昔から言われてきたけど、私はそんな立派なものじゃないわ。やるべきことをしっかりやった結果、その成果がついてきているだけ。人より少し、要領がいいだけにすぎないのよ。それは大学に入ってから、嫌ってほど思い知らされたわ」

自慢話、あるいは嫌みにも聞こえそうな話だが、椛に限ってそれはない。肩をすくめるその様は、井の中の蛙《かわず》であった己を恥じてすらいた。

そして次の思いこそが本命であるようだ。

「だけど楓は違う。皆が遊ぶ暇を惜しんで九十点を取って、私が寝る間を惜しんで九十五点に届いた横で、遊びの片手間で百点を取り続けるような子なのよ。まさに神童っていうのは、楓のためにあるような言葉ね」

声音には一切の皮肉は込められていない。むしろその顔は誇らしげであった。

「結局、社交性もそれと同じだったのよ。今まではやらなくてもいい科目だったから、放ったらかしにしてきた。それを高校という場所で、遅れを取り戻さなければいけなくなった。自分でどうにかしなければいけない状況に立たされた。普通の子だったら絶望的かもしれないけど、あの子に限っては大丈夫だった。それだけの話ね」

明るいものを目の当たりにしているような、確信すらしている椛の双眸。不安も憂いも抱いていないその瞳。そこに宿っているものに覚えがあった。

恋をしているときのわたしと同じだ。

「いくらなんでも、そんなに上手くいく……？」

見ているほうが不安になる盲目さである。

「学校だけじゃない。いざというとき、最後の最後で泣きつける相手が家にいないのよ。椛にしては楽観的すぎない？」

「大丈夫よ。こっちに来る際、なにかあったらいつでも連絡しなさい、って伝えてあるから。最初の一ヶ月は流石に心配だったけど……今日まで一度の連絡もなかったのよ？　それって上手くいっているってことでしょ？」

「……一度くらい、梛から連絡を取ったほうがいいんじゃないの？」

「したいのは山々だけど、立っている内は自分で歩かせてあげたいのよ。余計な甘えを抱えさせて、躓かせたくないわ」

「でもさ……ちゃんと通えているか、やっぱり心配にならない？　お父さんにくらい、客観的な近況を聞いたほうがいいんじゃないの？」

「高校は義務教育じゃないわ。出席日数が危ういってなれば、私の耳に入れてくるわよ。それがないってことは、しっかり通えてるってことよ」

あれこれと不安要素を伝えてもこれである。

まるでさっきとは逆。新たな恋をしたと伝えたとき、梛にされたことと同じことをしていた。どこかに落とし穴があるのではないか、とあれやこれやと指摘する。盲目的になりすぎている相手に、客観的な目線で心配事を突くのだ。

梛がわたしに抱いた不安、その気持ちがよくわかった。

一応、梛の話は筋が通っている。ちゃんと学校に通えているんだろうと納得しないでもない。

それでも楽観視しすぎでは、と強く感じてしまう。

昔から椛は周囲から特別扱いされており、皆に一目も二目も置かれ続けてきた。本人も驕《おご》りこそないが、客観的にその事実を受け止めている。

結果を生み、成果を出し続けてきたゆえの特別扱い。そんな自分より才能溢れる妹は、まさに特別の中の特別。やる気にさえなれば、それこそできないことはない。

そんな風に、楓ちゃんのことを過剰なまでに信じているのだ。

学校にさえ一度通えれば、それだけで全て解決する。そう確信すらしている節がある。

常々それは危ういと感じてきたが、これは家族の問題である。親友とはいえ耳に伝え聞いただけの情報で、他家の事情に口出しするのも躊躇われたのだ。

それこそ椛が、わたしの恋にうるさく口出ししてこないように。

一抹どころか、大きな不安はわたしの中から消えることはない。

その不安は正しく、九月に最悪な形で当たることとなったのだ。

◆

現在、椛の忠告により恋愛の活動方針を切り替えている。向こうから手を伸ばしてきたらすぐに応じてきたものを、少し時間をかけることにしたのだ。

タマさんの人となりを詳しく知る以上に、わたしのことをもっと知ってもらう。見た目だけではなく、わたし自身を見てもらいたいという願望を抱いたのだ。

なにせ今までは見た目を餌に、相手を釣ってきただけ。わたしが好きであることを重要視しすぎたばかりに、交際をスタートではなくゴールとして捉えていたのだ。

こうして恋の遍歴を振り返ってみると、この身を満たした一番の充足感は、目的地にたどり着いたときの達成感だったのかもしれない。

そういう意味では、わたしの恋愛観は成長を果たした。社会の示す健全な恋。少しはそれを取り入れようと思ったのだから。

……が、交際にいたるだけなら簡単に行くと信じていたところ、早々に躓いている。

タマさんとは毎週金曜日。マスターのお店でしかお会いできる機会がない。なんとか外で繋がろうと、連絡先を誘い受けで手に入れようとしているのだが、戦果はまるで挙がらない。

前回、その焦れったさに痺れを切らして、一度だけ強硬策に出た。

「今度、改めてお礼をさせてください」

ここではない場所で、という意味を暗に含め、連絡先の交換へ繋げようとしたら、

「そんな気は遣わんくていいよ。ああいうのはお互い様だ」

大人の対応をされて一発で撃沈したのだ。

予定では連絡先をこれで手にして、綿密にやり取りをして、デートを重ね、思い出を作りながらお互いを知って、クリスマスに恋人へ至る段取りだった。

だというのに最初の一歩から先に進めない。今までは望めばすぐに全てを手にしてきただけに、思い通りに進まない恋愛があるのだと愕然とすらした。

わたしは可愛い。それだけで罪であると、椛には太鼓判を押されている。だというのにタマさんは、わたしを無罪のように扱うのだ。

やはりタマさんは、そこらの男とはひと味もふた味も違う。

これまでの常識は通用しない。

さてどうしたものかと思い悩んだ先で、恋する乙女の衝動に突き動かされるがまま、とある行動に出てしまった。

平日の日中。

その家屋は今にも朽ち果てんとしているほどではないが、お世辞にも綺麗な外観ではない。この場所で起きた凄惨な過去を知るせいか、どこかおどろおどろしさを感じてしまった。

これこそが、四十人の命が失われた事故物件。

タマさんいわく、住民の魂を平らげた華々しい経歴に、挑戦者たちを返り討ちにした輝かしい戦歴。いずれの犠牲者も出なくなってから久しい。

その代わり今も猛威を振るい続けている、燦然たる来歴というものがあるようだ。

いわく煙草の吸殻をポイ捨てした老人は、不審火の火事で大やけどを負った。

いわく屋内で撮影された心霊写真、そこに写った女が鏡の中から覗いてくるとか。

いわくその家屋に近いほど、不運や厄災に見舞われやすいとか。

心霊スポットでよく見られる、盛りに盛られた話で、オカルトマニアの間では盛り上がっているらしい。タマさんからもたらされた話とはいえ、流石のわたしも眉唾ものとして信じ切ってはいなかった。

なにせ住居をそこに構えている当の本人が、あんなにも元気でいるのだ。そこに担ぐ気はなかったとしても、タマさんもまた人から聞いた話。こんな凄惨な過去はあるけれど、なんて一つのネタ話として話していたのかもしれない。

しかしそれも今日まで。

盛られた話だと受け取っていたそれを、全て本物であると信じてしまうほどの恐怖体験に、わたしは襲われたのである。

タマさんの家を訪れたのに目的なんてものはない。なにかしたかったわけでもない。

地域名と事故物件。二つのワードで検索するだけで、恋する男性の住所が手に入ったから足を延ばしてしまっただけ。

できれば家の中を覗いてみたいという衝動はある。

ただしそれはルールやモラルから外れた行い。社会の住民として踏み越えてはいけない一線というものがこの世にはある。それを理性で抑えきれないからこそ、世にはストーカーなるものが生まれ蔓延《はびこ》っているのだろう。

なるほど……彼らはこんな気持ちなのかと共感しながら、玄関の扉に自然とこの手は伸びていた。

当然、ガチャガチャと鳴るだけで開くわけがない。なにせここは界隈で有名な事故物件。迷惑なオカルトマニアの聖地である。防犯意識が高いのは、タマさんとの会話でよくわかっていた。

周囲を見渡す。門壁が陰となっているので、玄関の正面に立たなければわたしの姿は見えないだろう。

扉の郵便受けを、カチャッと開いて覗き込む。

「ん……？」

平日の日中ということもあり、タマさんはお仕事だ。一人暮らしのこの家は、現在無人のはずだ。

なのに中から音がしたような……

目の端から人影が引っ込んだような気すらした。

「まさか、ね……」

きっと冷蔵庫の製氷室のような、家電が出した音だろう。

そういうことにしておきたい。

ちらっと後ろを振り返り、誰にも見られていないかを確認する。

人の往来の気配はない。それをいいことに庭へと回ろうとすると、

「にゃーお」

待ったをかけるかのような鳴き声がした。

鳴き声に釣られて見遣《みや》ると、石塀の上で一匹の黒猫が鎮座していた。

おまえを呼び止めたんだと言うように、黒猫はジッとこちらを見つめてくる。まるで闖入者を監視する、狛犬《こまいぬ》やシーサーのような貫禄があった。

黒猫は不吉の証。ある意味、この家に相応しい存在。

でも所詮は野良猫と、わたしは高をくくっていた。ここで引き返せばいいものを、乙女の衝動に突き動かされてしまったのだ。

「にゃー」

後ろからかけられた鳴き声は『どうなっても知らんぞ』と後になって聞こえた。

カーテンは日中だというのに締め切られている。これもまた迷惑なオカルトマニア対策だろう。

窓を開けようとするも、小さくガタガタ鳴るだけで無駄。窓の補助錠を導入していると語っていたのを思い出した。やはりタマさんの防犯意識は高い。

中に入るのはやはり難しそうだ。

この結果はわかっていたし、期待だってしていなかった。

それでもタマさんの生活感溢れる空間を、見たくて見たくてたまらなかったのだ。

いくらストーカーの心理がわかったとはいえ、ガラスを割ってまで、なんて一線を踏み越えるのは流石に及べない。せめてカーテンの隙間、一欠片でもいいからと生活の場を覗こうと、片目で中を窺った。

遮光性が高いカーテンではなく、室内は薄暗いとも言えない明るさ。

部屋の間取りはネットに載っていた。そこがリビングであるのは確かであるが、家具の一つも見当たらない。一人暮らしに憩いの場は不要としたのかもしれない。

いくら恋する相手の住居とはいえ、無機質なまでに面白みのない風景だ。

まぁ、こんなものかと見下ろした先で、

「……ぁ」

二つの目がそこには浮かんでいた。

この目とその目が合ってしまった。

「きゃぁあああああああああああああああ！」

次の瞬間、わたしの目の前にはポテトフライが山のようにそびえていた。

どうやって逃げ出してきたのか、まるで覚えていない。

現状を見るに、駅チカのハンバーガーチェーン店に駆け込んだようだ。平日の日中にもかかわらず混雑しており、普段なら辟易《へきえき》するが今はなによりもありがたかった。

置かれているレシートを見ると、バカ盛りバケツポテトフライ。注文は飲み物すらなく、その一文だけが書かれていた。

放心しながら眺めていると、ニタニタとした子連れのおばさんが、

「一人じゃ食べるの大変でしょう？　貰ってあげるわ」

一方的に言い捨てて、トレイごと持っていってしまった。

こんな非常識な人間がこの世にいるのかと驚いた。どうせ食べられないものなので、ある意味助けられたとも言える。

おばさんは見咎めた店員と言い争いを始め、ポテトは雨となって降り注ぎ、周囲は阿鼻叫喚となり、ついには警察まで駆けつける騒ぎとなった。

意思なきわたしがバカ盛りバケツポテトフライを頼まなければ、こんなことにならなかったのに。そんな罪悪感に苛まれたが、放心状態から取り戻した感情は、すぐに恐怖によって飲み込まれた。

膝丈の高さに浮かんだ双眸。まさに生首が横向きとなって見上げていたのだ。

四十人殺しの事故物件。挑戦者たちは全て返り討ち。遊び半分で家に不義を働いた者だけではなく、ただ近くにあるというだけで猛威を振るってくる理不尽さ。

科学では解明できない超自然的ななにかが、わたしの身にも降り掛かったのだ。これで終わりだなんて思えない。あの双眸に取り憑かれたかもしれない。

……わたしはこれから、どうなってしまうのだろうか。

恐ろしくて恐ろしくて、ついに泣きを見せ嗚咽を漏らしてしまい、警察官を困らせてしまった。全てが終わる頃には日暮れ時だった。

気持ちが落ち着いたとはいえ、このまま家に帰る気にもなれない。金曜日でもないというのに、この足は自然とマスターのもとへと向かっていた。

「あら、いらっしゃいクルミちゃん」

先客はいない。

最近はタマさんの隣が定位置となっていたが、今日は金曜日ではない。タマさんの指定席に座らせてもらうことにした。

差し出される一杯目のジンフィズ。両手でグラスを掴むと一気飲みをした。普段ならば絶対しない飲み方であるが、次から次へと渇いた喉が求めてしまったのだ。

「あらあら」

マスターはおかしそうにすると、

「すっかり金曜日に来るのが習慣になってたのに……なにかあったのかしら？」

空いたグラスを受け取りながら聞いてきた。

『そう、あったんです！　タマさんが住んでる事故物件を見に行ったんですが、リビングを覗き込んだら二つの目が！』

なんてこと言えるわけがない。

いくら恋は盲目とはいえ、やっていいことと悪いことの分別はわかっていた。分別がついていない行動をしてしまっただけに、こんなことがあったなんて、マスター相手とはいえ言えるわけがなかった。

「と、友達の、友達の話なんですけど……」

オカルトマニアがあの家へ訪れ、リビングを覗き込んだ。そしたら覗き返してくる二つの目と合ってしまった。あの家はヤバイ、本物だと騒ぎ立てた話を友達伝《づ》てに聞いて、タマさんの住んでいる家だとわかったわたしは、マスターのもとへと訪れた。

今日起きた出来事を、虚飾を交えながらしどろもどろに語ったのだ。

そういうことにして、おずおずとマスターに続けて尋ねる。

「た、タマさんって……一人暮らし、ですよね？」

「ええ、そうよ」

「……今、お友だちとかが泊まりに来てるってことは？」

「まずないわね」

断じてほしくないことを、マスターはピシャリと断じた。

「そして平日の日中は、仕事でタマは家にはいない。今日はそれも変わらない。それなのにあの家でなにかを見たと言うのなら……」

マスターは含みと間を持たすと、

「見てはならないものを見た、ということじゃないかしら？」

二杯目のグラスと共に、怪しげな微笑を差し出してきた。

この後どんな話をしたのか。二日酔いで痛めた頭はなにも覚えてはいなかった。

第三話　センパイの……バカ

我が誇りたるこの胸の内を支配しているのは、奪われた現実による悲哀ではない。

たどり着くはずだと信じていた未来が、この手に落ちてこなかったことによる失意。そして虚無感であった。

神童たるわたしが、あれだけの最善を尽くしたというのに……なぜこのような終わり方を迎えてしまったのか。

わたしは自らの行い、その全てを棚に上げられる生き物だ。しかし今回ばかりは、責任転嫁の必要性はない。責任の在り処、わたしに非があるとあげつらう者はいないだろう。

ああ、だから……

こんなにも虚しい思いをしているのは、全部全部全部――

「センパイの……バカ」

堕ちるときは一緒だぞ。

そう約束を差し出してくれながら、なにもしてくれなかったセンパイが悪いのだ。

◆

遡るは数時間前。

自分にとって都合がいいからと、胸に抱いた想い。社会はこれを真実の恋でもなければ愛でもない。ただの依存心と定義している。

でもそんな定義など、わたしには関係ない。母を亡くしたあの日より、レールから外れてしまった。だから皆が大事に尊ぶ社会には属していない。

わたしの社会《せかい》は、センパイと二人だけで完結している。自分たちのことは自分たちで決めればいい。社会では依存心と呼ぶこの想いを、真の恋と愛だと定義したのだ。

盲目的に大好きでいればいい。

無条件に愛するだけでいい。

それだけで楽で楽しいから……胸の奥から込み上がる幸福が証明していた。

現実社会では決して許されない、罪を背負ったからこその幸せな営みがここにはある。

陽の光にこの罪が晒されたとき、わたしたちは社会《らくえん》から追放される。その先で罰を与えられ、苦しまなければならない日が来るだろう。

わたしは恨みつらみは絶対に忘れない。社会がこの幸せを奪い、わたしたちを追い込んだときは絶対に許すつもりはなかった。わたしはどれだけ自分が悪かろうと、その全てを棚に上げられる生き物なのだ。

そしてわたしは神童である。そのときはどれだけ時間をかけようとも、この名を歴史とWikiに刻むだろう。

この時間が永遠に続いてほしい。そう願うほどの人生の幸福を、わたしは享受しているのだ。

「センパイ……」

その上で、時間を先へと進めたいとも願った。

「元々わたしは……未来を捨てていたんです」

「未来を捨てていた？」

「死ぬつもりでした」

「……そうか」

とんでもない告白をしたつもりだが、センパイに驚きはない。

最初からそんなことはお見通しであり、だからこそわたしを受け入れてくれたのかもしれない。

「未来に問題を投げ続けて、人生がいよいよ詰んで、これ以上はどうにもならない。わたしにはもう……無敵の人となる道しか残されていませんでした」

「そこは一人で逝くとこだろ」

「黙って一人で逝く選択肢なんてありません。なるべく多くの道連れを作って、この名を歴史とＷｉｋｉに刻むつもりでした。そのまま家族親戚田中道連れです」

「また、とんでもない選択肢だな。田中が理不尽すぎる」

「一閃十界のレナファルトの名にかけて、そこだけは譲れませんから」

「まったく……ネタで道連れを増やそうとしやがって。おまえは人の命をなんだと思ってるんだ」

「エンタメです。ここで田中を道連れにしたら、絶対に面白いじゃないですか」

センパイはへの字の眉を見せてくる。困った子供に、呆れた奴だと苦笑しているのだ。

「でもそんなときに、楽しいだけを与えてくれた人を思い出したんです。顔も声も年齢もわからない相手と、最期に会ってみたいって」

「対人恐怖吃音症のコミュ障が、またとんでもない考えにいたったもんだな。五年の付き合いだぞ？　わざわざ会わんくても、ろくでもない奴だってことくらいはわかってただろう」

「そのろくでもない人との時間だけが、人生唯一の彩りだったんです」

「それはまた、ろくでもない人生だな」

嘲笑うような皮肉。しかしその声音があまりにも優しくて、それがとても愛おしかった。

目頭が熱を帯び始めた。なのに頬は強ばるどころか、喜びで緩みきっていた。

「これはろくでもない人生で見ている、最後の夢。醒めた先の終わり方は決まっています。未来なんていらない。少しでも長く、この夢に耽っていたい。

——だからいつか堕ちるそのときまで、こうして側にいさせてください」

愛しさすら覚える顔。

ずっと眺めていたいとすら願っていた。

でも……今は、そっとこの目を閉じた。

新たな幸せの形を受け止めるために、この身を委ねんとしたのだ。

一秒、二秒、三秒……

寄せる期待の大きさに反し、心臓の鼓動は落ち着いていた。それはきっと、わたしたちの間に流れる時間が、とても穏やかだからだ。

四秒、五秒、六秒……

この短い時間に、焦らされているかのようなもどかしさを感じた。それが同時に、これ

からたどり着く幸せへの期待を高めていた。

七秒、八秒、九秒――

「ああ」

ポン、と。

「その夢ってやつに、ちゃんと最後まで付き合ってやる」

頭頂部に手が乗った。

慈しむように優しく、センパイは頭を撫でてくれている。

あれ……と思わず声を漏らしそうになった。

想いを寄せた相手にこうしてもらえるのは嬉しくはある。いつまでもこうしていてほしいし、これからも何度だってしてもらいたい。

不満はない。ないのだが……思っていたのと違う。

その手を添えてほしかったのは頭ではない。頬である。そのまま引き寄せられた先で、お互いの顔の距離がゼロになるのを期待していたのだ。

わかっている。わたしたちの未来はここが終着点ではない。問題しか積み上がっていない未来を、この先歩んでいくこととなる。選んだ未来は思わぬ不幸一つで、全てが台無しとなり終わりを迎えてしまうような不確かな足元なのだ。

どれだけ今日という日を綺麗に締めくくろうとも、それらがなくなるわけではないのだ。

でも、だ。ここは一度、『二人は幸せなキスをしてハッピーエンド、完。俺たちの戦いはこれからだ！』と締めくくる場面ではないか。

どれだけわたしたちの関係が許されないものであろうとも、そういう流れだったはずだ。今の状況はその下位も下位。階段を上るどころか立ち止まっている。ここは一人の男として、そして大人らしく、ビシっと決めてほしかった。抱き寄せ熱い抱擁を重ねるくらいはしてほしかった。

なぜセンパイは、この手を引いて階段を上ってくれなかったのか。

わたしは神童である。センパイの思考をトレースすれば、その辺りはちょちょいと導き出せる。

わたしの心を慮ってか？　違う。

積み上げてきた関係性が拗《こじ》れるのを厭うたのか？　違う。

成人男性が十五歳少女とわいせつ行為の事案を恐れたのか？　違う。

彼女いない歴年齢という経験不足から、男らしさを見せるところを日和《ひよ》ったのだ。

まったくもってセンパイらしいというか。こんなときに自分らしさを見せるのはいかがなものか。正直、ガッカリである。

……でも、そんな人だからこそ、わたしは依存《あい》してしまったのだ。

ほんと、仕方のない人だ。

「センパイ……」

そうして目を開き、再び見つめ合うことで仕切り直した。

「わたしはあなたに出会うまで、ずっと弱いだけの子供でした」

「まるで、今は強いみたいな口ぶりだな」

「だって、弱いだけの子供のままだったら……こんな逃げ道を選ぶことすら、考えることはできませんでしたから」

かつてのわたしは、自分を持っていない子供だった。

ただ大好きな姉さんの真似ばかりをしていた。

大好きなお母さんが褒めてくれれば幸せだった。

でもある日、わたしはお母さん《しあわせ》を失った。そこから姉さんの真似《たちなおること》ができなかった。

一度は姉さんの手に引かれて、社会の箱庭へと戻った。そこで模範的な社会の解答を出そうとしたのに、酷い仕打ちを受けて心が折れてしまった。

以来、わたしは社会の繋がりを一つ、また一つと絶っていった。ついには姉さんとの繋がりすらも嫌になって、わたしはあの狭い部屋一つに、社会《せかい》を完結させたのだ。

嫌なものから逃げるなんて上等なものではない。楽な道を選び続け、楽に流され続けてきただけ。

そして楽な道への選択肢を、ついに失ってしまった。

弱い子供のままだったら、わたしはなにも選べなかった。たとえ流された先が辛い道だとわかっていても、なにもできず苦しむことになっただろう。

ああ、だから……

辛い道から逃げ出す。そんな選択肢を見つけて選べたのは、自我の弱いだけの子供ではなかったから。嫌なことから逃げ出せるほどには、わたしの心は強く育ったのだ。

かつては語らなかった過去と共に、

「姉さんたちから逃げる強さを、センパイに与えてもらったんです」

こんな強いわたしを育ててくれたのは、紛れもないあなただと告げたのだ。

そうして期待を胸に秘め、そっと目を閉じた。

「そうか」

ポンと再び乗せられた優しい手は、

「それはまた、ろくでもない強さだな」

慈しむように撫でるのだった。

どこまでも穏やかで、優しい時間が流れていく。

はたから見れば、幸せな想いに耽っているように見えるだろうが全然違う。なぜ同じことが繰り返されているのかと、頭を悩ませているのだ。

「センパイ……」

三度目の正直を求め、わたしは目を開いた。

「あの日……わたしは嬉しかったんです」

「あの日じゃわからんぞ」

「レナファルトとの関係を、大事にしてくれたことです」

わたしは覚悟を決めて、センパイのもとへ訪れた。

迷惑をかけるのだからなにもしないわけにはいかない。そんな文野楓の本心を漏らしてしまったのだ。

だからセンパイは、攻城戦は無期延期だと告げた。その理由をカッコいい言葉で飾っていたが本当は違う。わたしたち二人で築き上げてきた関係が、変に拗れてしまうのを厭うたのだ。

もしかしたら自惚れかもしれない。それでもこれがわたしにとっての真実である。

そうやってあのとき、わたしがどんな思いを抱いていたのかを告げた先で、

「わたしはもう、センパイだけがいてくれればいい。だから……これからもずっと、わたしだけのセンパイでいてください」

そっと目を閉じたのだ。

真の恋や愛と定義した想いを満たせる社会《じんせい》を、わたしは自分で選んだ。

センパイ、あなたのことが大好きです。

センパイ、あなたのことを愛してます。

これからもずっと側にいさせてください。

現実社会では禁断の果実なんて定義があるかもしれませんが、ここは陽の光が当たらない社会《せかい》。日陰の地にそんな定義はありません。

あなたが実らせてくれたこの果実を、どうか口にしてください。

そうやって引き返せないところまで、どうかリスク《わたし》を背負ってください。

「言われんでも」

そうやって三度目の正直を求めた先で、

「おまえみたいなろくでもないコーハイは、二人もできやしねーよ」

二度あることは三度だったのだ。

決して外には知られてはならないわたしたちの関係。それがどれだけ反道徳的な社会《せかい》であろうと、外から見たら幸せな二人に見えるだろう。内から込み上がっているこの感情を、それこそ大きく誤解するほどに。

それをレナファルトの発言に変換させるとこうなる。

『マジでいい加減にしろよこいつ！』

◆

それから同じことを二度、挑戦したところでわたしの心は折れたのだ。

毎晩見上げる天井のシミを、初めて数える虚しさに浸っていた。

果たしてわたしに悪いところはあったのだろうか、いやない。と悶々と繰り返し、

「センパイの……バカ」

なにもしてくれなかったセンパイを、この口は罵ったのだった。

第四話　盲目性偏執狂ノ傾慕②

事故物件の恐怖体験は一ヶ月ほど尾を引いたが、鏡や写真にあってはならないものが浮かんだり、なにかに見られているような気配はない。その後何事もなく、不運や災厄に見舞われることもなかったので、かつて抱いた恐怖はすっかり薄らいでいた。

精々抱いているのは、恋する相手の住居とはいえ、二度と近寄りたくない。そのくらいである。

そうやって何事もないのは、恐れていた心霊現象だけではない。タマさんとの進展についてもであった。

とにかくなにもない。一度だけ偶然、出先でバッタリがあっただけで、マスターのお店から出られないのだ。

わたしたちはあくまでお店の常連、そこでおしゃべりするだけの仲。親しくこそなったが連絡先の一つも手に入らず、一歩も先に進めないのだ。

流石の椛もこれには目を丸くして、

「まさかあのまどかが手一つ、未だ握れないなんてね。……あんたの恋、五度目の正直かもしれないわね」

　わたしに手を出そうとしないタマさんに感心していた。今回はまともな男性に恋をしたのだと椛も認め始めていたのだ。

　もうちょっと社会的ステータスが高ければね、とチクリと刺されたが、それ以上のことはない。自らの父親があれなので、社会的ステータスの高い人と付き合うことが、そのまま幸せに直結しないとよく知っているのだ。

　最近は頑張りなさい、と背中を押してくれるくらいには応援してくれている。

　親友にこの恋を認めて貰えたのは嬉しいが、一向に進展しないことには変わらない。今まで可愛さ一つで全てを手に入れてきたので、恋の駆け引きとか、相手の気の惹き方とか、人間性を駆使した経験値が足りなかった。

　肉食系女子みたいにガツガツいけないのは、自分から攻めた先で、この恋に決定的な破綻をもたらされているのを恐れているから。だから進展しない誘い受けをなおも続けていた。

　それでも親しくなる中で、わたしへの態度も砕けてきている。話の流れでタマさんの両手が、わたしの頬を挟み込むようなイベントが発生したくらいだ。普通はセクハラ案件であるが、タマさんからされたのだからハッピーであった。

なにがあったかは置いておくとして、タマさんとの関係はカタツムリのような速度を持ってしか進まない。霞を掴むような手応えしかない。

事件が起きたのは……いや、起きていたことが発覚したのは九月の連休。その終わり。その夜のことである。

椛から電話があったのだ。

わたしたちの間では電話をする際、一度メッセージで今大丈夫か断りを入れる。それがいきなりの着信だったので、よっぽど急ぎなのかと思って出ると、

「……楓が、家出してた」

死にそうな声が耳朶《じだ》を打ったのだ。

「どうすれば、いいかしら……」

椛は請うように続けざまに言った。

要点は掴めるのに、どこか掴みどころのない不明瞭さ。

「待って、待って椛！　今どこにいるの？」

「部屋……」

「部屋ね？　部屋にいるのね？　今行くから待ってて！」

不用心にも鍵を締めずに玄関から飛び出した。電話を切らず、上を目指して階段を駆け上がった。

引っ越しの際、部屋を隣同士にしたかったのだが、都合よく両隣となる部屋は空いていなかった。それどころか同じ階層も叶わなかった。代わりに一つ階層を隔てた部屋を、わたしたちは選んだのだ。

椛の部屋は丁度真上。直線距離で言えば、隣室より近いかもしれない。

チャイムを鳴らさず扉に手をかけた。一人暮らしの若い女の部屋にもかかわらず、鍵はかかっていなかった。

今はその不用心さがありがたく、そのまま中へと踏み込んだ。

部屋は同じ2LDK。勝手知ったる間取りであった。

リビングへ飛び込むと、ソファーに身体を投げ出している椛を見つけた。

強盗のように押し入ってきたわたしに、恐れるでもなく、驚くでもなく、

「まどか……どうすれば、いいかしら」

死の間際のような声音で、電話越しの台詞を繰り返したのだ。

隈ができたその瞳は、わたしの姿を映しているだけで見ていない。頬が痩《こ》けているとまではいかないが、赤みを失うほどにその顔は憔悴しきっていた。まるで病に冒されたかの

ような変わり身だ。

「楓ちゃん、いつ家出したの？」

大切な人を失ったかのような、椛の疲労困憊《こんぱい》具合。きっと昨日今日の話ではない。一週間とか、二週間なんてこともありえる。

予想という名の心構えをもって次の言葉を待つと、

「――前……」

「ん……？　一週間前？」

「五ヶ月前……」

そんなレベルの話ではないのだと思い知らされた。

五ヶ月も前に家を出ており、居場所がわからない。それは家出なんて甘いものではなかった。

行方不明。これこそが一番的確な答えだろう。

そうしてポツポツと椛は語り始めた。

上京してからこの五ヶ月。一度も帰らなかった椛も、そろそろはと今回の連休を利用し帰省していた。椛の大学の夏季休暇は九月末まである。だから今回の帰省は、楓ちゃんの連休に合わせたものであった。

こんなにも長い間、楓ちゃんの側を離れ、連絡を取り合わなかったことは初めてである。楓ちゃんに問題があれば必ず父親から連絡がくる。それがないということは、学校には問題なく通えていたと信じ切っていたのだ。

学校へ通えているのなら、きっと楓ちゃんは大きな成長を果たしているはず。それを楽しみに帰省し、椛を待っていたのは、五ヶ月もの間使われていない妹の部屋だった。

『東京の姉さんのところに行きます』

楓ちゃんはそんな書き置きを残して、家出をしていたのだ。

便りのないのはよい便り。学校へ通えていたと信じていた椛は驚愕した。

便りのないのはよい便り。お手伝いさんは椛のもとにいるのではないのかと驚愕した。

便りのないのはよい便り。誰からの連絡もないので、今回の件を放置してきたお父さんもまた驚愕した。

便りのないのはよい便り。誰も楓ちゃんの居場所がわからないのだから、便りのないのはよい便りなんかではなかったのだ。

入学式一日目にして、楓ちゃんの心は折れてしまっていた。二日目にして早速、元の不登校児に戻ってしまったようだ。案の定というか、あの学校に楓ちゃんをいきなり放り込むのはハードルが高すぎた。

不登校に痺れを切らしたお父さんは、学校に行かないのなら二回りも上の相手へ嫁に出す。そう発破をかけたらしい。当人は脅しのつもりだったと言い訳したようだが、椛はそれを信じていない。なにせゴールデンウィーク明けに、退学届は出されたのだ。間違いなく本気であった。

父親の本気は、楓ちゃんにもまた伝わったのだ。

人生で初めて追い詰められた楓ちゃんの行動は、引きこもりとは思えぬほどに早かった。次の日には家出を決行し、完全に行方を暗ませている。

楓ちゃんの口座を調べたら、ＡＴＭの限度額が、二日にかけて引き出されていた。それだけあれば東京だけではない。日本国内どこにでも行けるだろう。

手がかりはゼロ。現在の居場所どころか、最初の行き先も突き止められない。

こうして楓ちゃんの行方不明が発覚したが、ここからがまたろくでもない。すぐにでも警察に届けようとした椛を、父親が止めたのだ。

聞こえのいい、それっぽい言葉を並べ立て、駆使しながらくどくどと言っていたらしいが、要約するとこうだ。

「娘の家出にこんなにも長い間気づかず、行方不明になっていました。なんて醜聞、世間に晒せるわけないだろ！」

娘が行方不明になっているのにこの有様だ。まさに父を父としてみていない椛の気持ちがようやくわかった。その姿はまさに、社員の不始末を隠匿する社長である。

大事にしようとしたら、もし楓ちゃんが戻ってきてもタダじゃ済まさない。色々と含みを持たしながら、椛の手の届かない誰かに託すとまで言ったようだ。代わりに内輪でことを収められたときの約束も、椛は取り付けてきたようだ。

かといって、楓ちゃんの行方は皆目見当がつかない。

行方知れずになってからこれだけの期間が経っている。綺麗な身体云々《うんぬん》の前に、肉体に魂が残されているかの心配をせねばならない。

足取りは不明。

それでも一縷《いちる》の望みをかけて、椛が持ち帰ってきたものがあった。

「パソコン……？」

「楓の机に残されていたの」

わたしと話しているうちに、元気とは言わずとも、椛は僅かながらの活力を取り戻していた。俯いたままではいられないと、踏ん張ったのかもしれない。

バッグから取り出し、手渡された銀色のノートパソコン。どこにでもあるような、明日にでも忘れてしまいそうな面白みのないデザインである。

椛に目を向けると頷いてくれた。

電源をつける。すぐに見慣れたＯＳのロゴが映し出された。

ただしデスクトップ画面にたどり着くことはなかった。

「パスワードは……やっぱりかかっているのね」

電子扉が開かれた先には、楓ちゃんの最初の行き先を示す履歴。それに準ずるものが残されているかもしれない。

まさに今の椛にとって、金銀財宝に値する情報だ。

問題は、開けゴマの呪文がわからない。

なにかヒントはないか、と悩むことはない。入力画面の下に堂々と、『パスワードのヒント』と書いてあるのだ。

「くれないようの日……？」

椛と顔を見合わせるも、そこには答えは載っていない。あったのはわたしの顔に答えが書かれているか。そんな期待を宿した瞳だけだ。

お互いため息をついた。

一定回数打ち間違えると、制限されるロックはなさそうだ。だから思いつく限りのものは、椛は散々試したに違いない。

「椛、今日のところはちゃんと休みなさい」

帰省してすぐ楓ちゃんの問題に追われて、相当疲弊したのだろう。土気色にも見えるその顔がなによりの証明だ。

「わたしも色々と試してみるから」

アテなんてまるでないのに、任せろと胸を張る。

縋るような椛の電話。あれは無意識にかけてしまったのだろう。

解決策を求めてではない。弱音を吐く相手として、真っ先にわたしを選んでくれたのだ。

それが嬉しかった。だから少しでも椛が前を向くための役に立ちたかった。

「ありがとう、まどか」

なにせ黒歴史に泣いてきたわたしを、いつだって慰めてくれたのはこの親友なのだから。

◆

「くれないよう、くれないよう……」

卓上のノートパソコンに向き合いながら、呪文を紡ぐようにひたすら繰り返す。

一体あなたは、なにを欲しがっているんだい？　と。

丑三つ時。真夜中のど真ん中。

明かりを点けずかれこれ一時間もこうしていた。

椛からパソコンを預かり、あれこれとずっと打ち込んでみたが、全ては空振り。明日また考えようと布団に潜り込むも眠れない。頭の中で延々と「くれないよう、くれないよう」と残響し続けたのだ。

眠るに眠れず、再び机に向かい合った。

目に悪いのはわかっているが、暗がりにある唯一の明かりを眺め続けたのだ。

「くれないようの日、か。楓ちゃん……あなたは一体、なにを貰えなかったの？」

日本のどこかにいる親友の妹。

彼女に向かって答えを求めてみるも無駄だ。この問いが届かないからではない。わたしの脳内の楓ちゃんは喋れない。

何度も文野家には訪れたが、楓ちゃんとは満足に会話をしたことがない。引きこもってからもそうであるが、お母さんが生きていた頃から、彼女は引っ込み思案だった。紹介されても一言二言交わしただけで、部屋に引っ込む形で逃げられてきた。

どんな声をしていたのかも忘れてしまったから、楓ちゃんの声が想像できないのだ。

「くれないよう、くれ、ないよう……くれ、ない、よう……」

ブルーライトを散々浴びているというのに、段々眠くなってきた。

「くれない、よう……暮れない、よう」

意識していたわけではないが、言葉を区切っていくうちに、くれないが自然と漢字に変換された。

くれないようの日が、なにかを貰えなかった。欲しがっている。そんな風に捉えていた中で、違う意味ではないのかと発想を転換したのだ。

「暮れないよう、昏《く》れないよう、繰れないよう」

思いつくがまま、脳内で漢字に変換していき、

「紅よう……紅……よう!?」

ガバっと前のめりとなり、漕いでいた眠りへ誘う船が転覆した。

思い至ったパスワードは、まさに目が覚める思いであった。

衝動に突き動かされるがまま、四桁の数字を叩いた。パスワードは弾かれた。すぐに次の八桁の呪文を打ち込むと、

「開けゴマ!」

固く閉ざされていた電子の扉は開いたのだ。

「は、はは……まさか、ね」

笑いが胸の内から零れだす。

パスワードの単純さにではない。設定した楓ちゃんの想い。それを考えるとこちらが嬉しくなってしまったのだ。

ヒントのくれないようの日。考えてみればあまりにも簡単な問題だった。

くれないは『紅』。ようは『葉』。合わせると紅葉という二字熟語となり、それは二つの読み方がある。

一つは『こうよう』。そしてもう一つは『もみじ』。

紅葉《もみじ》の日。

開けゴマの呪文は、椛の生年月日だったのだ。

パスワードに家族の誕生日を使わないのは、常識であるほどのＩＴリテラシーだ。

椛いわく楓ちゃんはパソコンに強い子だ。モニターとノートパソコンを繋ぎ、二画面で色々とやっていたほどに。

そんな楓ちゃんが、パスワードに姉の誕生日を使っていた。

椛の妹思いは、一方通行ではなかったのだ。

自分のことのようにそれが嬉しくて、目頭が濡れてしまった。

……もしかして、と思い至る。

わざわざパスワードを設定し直して、家を出たのかもしれない。そうでないとヒントを設定する意味と理由がない。

もしそうなら、扉を開いた先にはなにかが残されているかもしれない。それこそ居場所に繋がるなにかが。

デスクトップ画面は綺麗なものだった。アイコンはゴミ箱一つ残されていない。代わりのようにタスクバーにピン留めされている、インターネットブラウザから手を付けることにした。

家出をする際、下調べくらいは重ねたはず。その履歴を調べればなにかわかるかもしれない。

インターネットに繋いで、履歴を調べようとしたところ、ブックマークのフォルダ名に目が留まった。

『姉さんへ』

それを迷わず開くと、

『ここで待ってます』

そんなブックマークが残されていた。

やっぱり……このパソコンは椛のために残されていたのだ。

なぜ椛になにも告げず、楓ちゃんは家出をしたのか。味方であるはずの姉に、どのような思いを抱き、どこまで信用していたのかはわからない。

それでも椛に、こうして残した。もしかしたら楓ちゃんは、椛に見つけてほしがっているのかもしれない。

椛のために残されたものを、真っ先に見るのは躊躇われた。すぐにこれを見せるべきだと思う反面、あれだけ憔悴しているのだから、叩き起こすような真似はせず、休ませてあげたくもあった。

わたしはこれを椛に託された名分はある。中途半端にせず、中身を精査した上で引き渡そうと決めた。

ブックマークをクリックし、

「……ん、なにこれ?」

開かれたページ、『WHERE'S WALDO?』というタイトルの横に、赤白の縞々帽子を被った男の絵が添えられていた。

ウォーリーをさがせ。ポンと日本語が頭に浮かんだ。

楓ちゃんが向かった先を示す地図や写真、ホームページなどを想像していただけに、ちょっと面食らってしまった。

なにかの間違いかと、同じブックマークをクリックし直すも、やはりこのページが開かれた。

中央ボタンにスタートがある。

とりあえずそれを押してみると、古臭さを感じる音楽が鳴り始めた。

変化はそれだけ。本当にウォーリーを探せが始まってしまったのだ。

楓ちゃんはなぜ、こんなものを残したのか。

間違って登録したものか。はたまたウォーリーを自分と重ねてか。自分を探してほしいという思いを込めたのか。

けどウォーリーを見つけたところで、楓ちゃんを見つけ出せるヒントが手に入るのか、という疑念もあった。でも意味のないものを残しているとも考えられず、見つけるだけ見つけてみようと思ったのだが、

「あれ？」

音楽がふいに止まった。

途切れ方に不穏なものを感じながらも、これで終わりだとは考えられず、なおも探し続けた。

ウォーリーを見つけて、クリックでもすれば、新しいページにたどり着く。そこに楓ち

ゃんの居場所を示すなにかがある。

そう信じながら画面を凝視し続けると、

『うわあああああ！』

「きゃぁあああああ！」

突如として大音量の叫声が鳴り響いた。それに負けないほどの、大声量の悲鳴をあげてしまった。

身体は大きく仰け反って、椅子ごとガタンと倒れ込む。

「いった！」

後頭部を打ち付け、その鈍痛に苦しみ悶える。

痛みがようやく引いても、なおも立ち上がれず放心状態は続いた。

あれは一体なんだったのか。

叫声が上がると、涙袋が赤く爛れた真っ白な顔が画面に映し出された。目を閉じるとまぶたの裏にそれは浮かび上がる。すっかり脳裏にまで焼き付いてしまい、夢に出るどころかこのままでは眠れない。

十分程そうしていただろうか。

再びパソコンに向き直ると、そこは最初の画面。スタートボタンがあった。

誰がスタートするか！

心の中で叫びながらも、気持ちを落ち着けた。

なぜ楓ちゃんはこんなものを残していたのか。その意図がまるで想像つかない。

ブックマークの名前を変更する際に、残すべきものを間違えたのか。

履歴の中に本当は残したかったものがあるかもしれない。

そう気を取り直し、履歴を開くと二件だけ残っていた。

『ウォーリーを探さないで』

『姉さんの友人へ』

前者は直近の時間。後者は楓ちゃんが家を出た前日の日付。

姉さんへ、ではない。姉さんの友人へ。

どういうことかと開くと、掲示板の書き込みに飛ばされた。

「あ、ぁ……」

画面に広がった光景に、目を剥いて口をあんぐりとさせ、蛙《かえる》が潰れたような音を鳴らす。

残されていたブックマークは間違いではない。あれは意図して残されたものだと悟ったのだ。

姉さんの友人へとはスレッドタイトル。

そこに書き込まれたコメントはたった一つ。

『ざまぁあああああああああああああああああｗｗｗｗｗｗｗｗｗｗｗｗｗ』

手のひらの上で綺麗に踊った者に捧げる、嘲りの拍手だったのだ。

第五話　負の遺産はかくして次へと引き継がれた

姉さんがわたしを探し始めた。その現実を突きつけられてなお、わたしは姉さんのもとに戻ることを選ばなかった。

センパイの側から離れたくない。選んだのはそんな、自らの依存心《おもい》を満たせる社会《じんせい》だった。

この選択の結果、先の未来がどうなるかはわからない。わかるのは陽の光に晒されたとき、社会がどのような制裁をわたしたち……センパイにくだすのか。くだされた先でこの幸せが取り上げられたときの、わたしが取る行動くらいだ。

少なくともその未来は、今のところやってくる様子はなさそうだ。

「おかえりなさい」

「おう、ただいま」

今日もセンパイは問題を持ち帰らず、なんの憂いのない顔で帰宅した。

「なんだ、来てたのか」

そしてわたしの肩、その向こう側を覗き込んで言った。

その顔は決して驚いたものでもなければ、意外な来客に目を細めたものでもない。

「ほんと、最近よく来るな」

珍しくもない見慣れた顔に、よっ、と挨拶をするようなものであった。

それはセンパイの旧知の友でもなければ、よき隣人というわけでもない。かといってホラーハウスに取り憑く悪霊や化け物でもなければ、招き寄せた狂人や強盗でもない。

その黒い毛玉は、狂人リビングで自己主張を激しくしている祭壇。冒涜《ぼうとく》的な数々の供え物へ擬態するように、最上段の端にぽつんと鎮座していた。

センパイに気づいたその毛玉は、

「にゃーお」

大きなあくびをするように応えたのだ。

一言でその毛玉を指し示すのであれば、それは猫。まだ付け加えるのなら黒猫。不吉の象徴であり、この家にある意味相応しい生物であった。

「こんな時間までいるなんて珍しいな、クロスケ」

その名はクロスケ。野良猫あがりの飼い猫だ。

クロスケの名付けも飼い主もセンパイではない。

元々この近隣で生まれた野良猫であり、顔見知りを見つければ隣を歩くマスコット的存在だったらしい。黒猫だからクロスケ。安直な名付けであるが、野良猫がいつの間にか呼ばれる名としてはそんなものだろう。

そんなクロスケの縄張りが、どうやらこの家の敷地内だったようだ。

そんなクロスケはある日の晩、近所の小動物虐待おじさんに捕まってしまった。翌日、小動物虐待おじさんは忍び込んできた空き巣と鉢合わせとなり、刺されるという奇禍に見舞われた。

以来、家猫として迎えられたクロスケは、センパイが引っ越してきてから、よく家に入れろと鳴いて、上がりこんでは祭壇に陣取っているようだ。

近隣住民が恐れ慄く、我らがホラーハウス。猫には人の見えないものが見えるというだけあって、恩義を覚える相手を、クロスケはわかっているのかもしれない。

クロスケはセンパイの先輩。この家に認められたという意味では、そうかもしれないとセンパイは語っていた。

「相変わらず、ガードが硬いな」

撫でようとしたセンパイの手を、クロスケは尻尾でペシンと払った。

野良猫時代から、隣を歩くことはあっても、触れるのを許すほど人懐っこい猫ではないらしい。

「クソ、この色ボケ猫め」

ただ、わたしはこうして簡単に頭を撫でるのを許されている。男女差別を嘆くかのようにセンパイは顔をしかめている。そのまま諦めよくセンパイは、一日の汗を流しに向かっていった。

◆

食後の片付けも終わり、後はセンパイの部屋で就寝までゆっくりするだけ。

ようやく腰を落ち着けたところ、センパイが訝しげな声を上げた。

「ん、なんだこれ？」

見上げるとこの目に映るのは、椅子に座っているセンパイの背中。そして机に乗っているクロスケ。クロスケは薄っぺらい一枚の紙を咥《くわ》えており、センパイがそれを受け取るような図であった。

「絵か……？」

あ、と声を出す間もなかった。

センパイが手にした紙。ルーズリーフになにが描かれているのか、ここから見えずともわかっていた。

祭壇でお昼寝しているクロスケ。デフォルメ化せず忠実に。モノクロ写真を描くようなタッチで、鉛筆一本で描いたものだ。

「おまえが描いたのか？」

「にゃー」

クロスケが返事をする。もちろん猫の手で描かれたものではない。

『まあ、一応』

「へー」

その絵はわたしが描いたものだ。それを肯定しながら、恥ずかしいものを見られてしまった熱が頬に宿った。

物珍しげにセンパイはじっくりと絵を眺めている。

『まじまじと見ないでほしいんすけど』

「見られて恥ずかしい画力でもないだろ」

『いやいや。一桁歳から上がってない画力の絵を見られるのは、いくらなんでも恥ずかしいっすよ』

「は？　おまえ、こんなレベルの絵を、小学生のときから描いていたのか？」

センパイは驚嘆し、丸くした目を改めて絵に落とした。

「ここまで上手く描けりゃ上等じゃねーか。そりゃモデルとなった本人も、見てくれって持ってくるわけだ」

一切のからかいもなく、センパイはただ凄いと褒め称えてくれた。その手は絵を持ってきたクロスケに伸び、やはり尻尾ではたき落とされた。

トン、と床を鳴らし降りてきたクロスケは、わたしの横で丸くなる。優しく撫でるわたしを見て、あからさまな男女差別にセンパイは眉根を寄せていた。

絵を描いたのは久しぶりであった。それこそお母さんが亡くなる前、小学校四年生以来である。幸せな思い出と共に、ずっと置いてきたものであった。

それを再び取ろうと思ったのは、気持ちよさそうに眠っているクロスケを見て、ふと過去を思い出したから。そういえばこんな無防備な猫を一度、一緒に描いたことがあったなと。懐かしさを覚えたのだ。

センパイはルーズリーフをひらひらと振った。

「こんなに上手いんだ。幼い頃は、実は画家になりたかった、とかか？」

『おお、流石センパイ。正解っす』

「なんだ、マジでそうなのか」

当てずっぽうを当てた本人が一番驚いた顔をしている。

『姉さんが、っすけどね』

「お姉さんが？」

話の意図が掴みきれず、センパイはどういうことだと首を傾げた。

『物心がついたときから、自分は姉さんにベッタリだったんで。服から小物、趣味にいたるまでなんでも、姉さんと一緒がよかった。そんな真似ばかりしていた子供だったんすよ』

「じゃあ、この絵は？」

『姉さんの趣味が鉛筆画だったんで。これはその真似をした、昔取った杵柄《きねづか》ってやつっすね』

絵を描くことが好きだったのではない。

大好きな姉さんの真似をして、一緒のことができるのが好きだったのだ。

だからこの通り。姉さんから逃げ出すようになってから、一度も絵を描くことはなくなっていた。

今日描いた絵も、懐かしさに突き動かされて描いたものであり、そこに楽しみは見いだせなかった。見いだせたのはもう戻らぬ、幸せな思い出《ひび》だけだ。

かつては姉さんと同じものを同じように描けた。でも今は描き続けている姉さんと比べたら、雲泥の差であろう。あの人は今もきっと、好きで描き続けているのだから。

『ちなみに姉さんクラスになると、似顔絵一つで表彰状を貰ってたっすね』

「絵のコンテストでか？」

『警察からっす』

「警察？」

『ひき逃げした犯人の似顔絵を描いたんすよ。そのおかげで犯人が、すぐに捕まったとか』

「それはお姉さんが、ひき逃げされた側だったのか？」

『目撃側っす。といっても、ひき逃げの瞬間を目撃したわけじゃなかったらしいっすけどね』

「どういうことだ？」

困惑気味の表情を浮かべながら、センパイは肘掛けで頬杖をついた。

『暴走特急さながら、自転車が爆走してきてすれ違ったらしいんすよ。危ないな、って思いながら角を曲がったら、そこには人が倒れていて即通報っす』

「それがさっきの自転車にぶつかられた被害者ってわけか」

『そうっす。あの自転車だ！　って似顔絵を描いたら、表彰されたって流れっすね』

「おいおいおいおい……どんな記憶力してんだよ」

センパイは理解が及ばぬというよりは、苦しむように眉をひそめた。

「直後の現場を目撃したならわからんでもないが、直前にすれ違っただけだろ？　それを思い出しながら絵に起こすなんて、できるか普通？」

『写真みたいな精巧さにこだわらないなら、難しくはないっすよ。特徴だけを掴んで描き起こすだけなら余裕っす』

「おまえら神童姉妹にとっては余裕かもしれんが、常人はまず、顔すら思い出せないんだよ」

『直前のことも思い出せないとか、常人の頭ってそんな不便なんすか？　それでよく恥ずかしげもなく生きていられるっすね』

「その神童的な脳みそで、今日こそ天井のシミの数をハッキリさせてやる」

『きゃー、犯されるー！』

今にも立ち上がらんと睨めつけてくるセンパイに、恐れなどまるでない。そんな甲斐性がないのは重々承知している。こんな風に煽るやり取りもなんだか久しぶりで、楽しむ余裕すらあった。

もう十分見たと言うように、センパイはルーズリーフを差し出してきた。受け取ったそれに目を落とす。

『ま、そんな姉さんの真似をして、始めたのがこれっすよ。久しぶりに描いたらこのくらいの画力は、まだ残っていたようっすね』

「ただの真似っこで始めたのがまだこれとか。ほんと、おまえは神童だな」

折りたたみ机に飛び乗ったクロスケが、同感だというように「にゃー」と鳴いた。その姿があまりにも愛らしく、そして嬉しかったが……それでもやはり、納得いく出来ではない。

姉さんと一緒に描いていた昔はもっと上手かった。お母さんに二人共上手ね、と褒めてもらっていたものは、もっと精巧に描けていた。それが原動力となり、同じものを姉さんと遜色なく、可愛げのないほどに描ききれていた。

『今こうして考えたら、なんで姉さんはあんなにも優しかったのか。よくわからない』

気づけばこの手は、自然とそんな思いを吐露していた。レナファルトとしての思いではない。文野楓としての思いが零れだしたのだ。

センパイには見せたくない一面。いつもならすぐに取り繕うところなのに、この手はすぐに動かない。

そんなわたしの心情、虚ろな変化に気づいたのか。

「それだけ、おまえのことが可愛かったんじゃないのか」

なにを今更というような、常識を諭すような口ぶりだ。

「なんでも一緒がいい。そのくらいお姉さんを慕っていたんだ。その素直な気持ちが嬉しかったから、優しくしてやりたかったんだろうさ」

第三者の素晴らしい大人の意見。それがあまりにもセンパイに似合わず、つい口元を押さえてしまった。

「一応その頃は、純粋で無邪気な子供だったらしいからな」

らしくなさを自覚していたのか、センパイはしっかりとオチをつけたのだ。上げて落とすために、くさいセリフを言ったんだぞ、と言い含めるようだ。

でも、センパイがわたしの心を慮って、優しくしてくれたのはちゃんと伝わっている。

それは素直に嬉しかったが、

『純粋で無邪気な子供だったら、なにをしても許される。自分は多分そこから逸脱していたんすよ』

「逸脱？」

わたしがわからなかった姉さんの想いは、そういうことではないのだ。

捕まえた昆虫の羽を引き裂いたり、足をもぐ。

カエルの肛門に爆竹をいれて、破裂させる。

蟻の行列を踏み潰し、その巣を水攻めにする。

好奇心に突き動かされるがまま、善悪の区別がまだわかっていない子供の残酷さ。人を傷つけているのでなければ、なにをしても許されると思っている行い。

わたしがしてきたことは、これらとなにも変わらない行いだったのかもしれない。

『真似をしたい一緒のことをしたい。それは勉強もそうだったんすよ』

放課後に友達の家に行くどころか、遊んだ記憶すらない。かといって一人で読書やゲーム、テレビに没頭することもなかった。

毎日のように勉強をするだけの日々だった。

けれどそれは、誰からも求められたことではない。わたしにとってこれは、趣味のようなもの。姉さんに近づくという娯楽だったのだ。

教材に困ることはなかった。どれだけあれな父親でも、教育に投資を惜しむ人ではなかったから。

かといって塾に通っていたわけではない。一人黙々と勉強をし続けていただけ。

最初はわからないことがあれば、お母さんと姉さんを頼った。けどお母さんには家のことがあるし、姉さんにも姉さんの勉強があり、趣味があり、そして遊ぶ友達がいるのだ。二人がいつも側にいてくれるわけではなかったし、なんでわたしだけを構ってくれないんだと言うほど、聞き分けのない子供でもなかった。

わからないことがあれば、人に聞く前に自分で調べるクセがついた。問題は自分ひとりで片付くようになり、姉さんたちに頼ることはなくなった。

黙々と、家族の時間以外は勉強に費やした。

勉強は登山のように、今自分がどの場所にいるのか。そして姉さんがどこにいるのか。それがわかるから、近づいているという実感があった。それを得られるだけでわたしは楽しかった。

同級生はとうに置き去りにして、遥か先へと勝手に進んでいった。

そして、

『小二のときにはもう、姉さんと同じ勉強をしてたっす』

「……は？」

『私立の中学受験を見据えていた姉さんと、同じ学力に達したんすよ、自分は』

わたしは姉さんに追いついた。

これで姉さんと一緒の勉強ができると喜んだ。

わたしはそこにたどり着けた時点で、勉強については満足した。そこから一人で先に進むことに、なんの魅力も覚えなかった。

だからわたしは、次の目標に目を向けた。

『学力が追いついたら時間が空きました。だから次は、姉さんの趣味を真似したんすよ』

それが昔取った杵柄である、鉛筆画。

大好きな姉さん、という贔屓目《ひいきめ》こそあるが、姉さんの描く絵はいつだって精巧で上手かった。そんな姉さんの絵のモデルにしてもらえることが、いつだって嬉しかった。

ずっと前から、姉さんの隣で同じものを描きたかった。今度はわたしが姉さんを綺麗に描きたいと夢見てきた。

そうしてわたしは、姉さんと同じものを手に取ったのだ。

姉さんはどんなことにも真面目に取り組み、努力を怠らない人。

『二年後には追いついたっす。幼稚園の頃から、ずっと描き続けてきた姉さんの画力に』

そんな姉さんが長年積み上げてきたものに、あっさりと追いついた。

センパイは呆気にとられたように声を失っている。そのまま背もたれに身体を預け、天井を仰いでいる。そのまま目をつむったセンパイは、大きく一呼吸した。

そうやってセンパイは言葉を探し、

「おまえ……バケモンだな」

生真面目な表情で言った。

選んだ言葉がよりにもよってそれとか。面白すぎて、プッと噴いてしまった。

歯に衣着せぬそれは、まさにその通りだ。下手な慰めよりも、実直な気持ちで評してくれたほうが清々《すがすが》しい。

『そうっすね。もしかしたら自分は、姉さんにとってバケモノかもしれなかったっす』

姉さんは天才だ。どこまでその自負があるのかはわからない。それでも自分がどう他人から評価されているか。それを正しく捉えられる人だった。

自分は天才だ、なんて驕りや傲慢さはないかもしれない。それでも自ら積み上げてきたものへの誇り、自尊心くらいはあるだろう。

わたしはそんな場所へ、あっさりと追いつき隣に並んだ。

これが赤の他人なら、凄い子もいるのね、で終わるかもしれない。でも相手は血の繋がった姉妹。それも三つも離れた妹なのだ。

そんな年の離れた妹に、いつも追いつかれるのはどのような気持ちだったのか。いっそこのまま追い抜かれたほうが、まだマシだったかもしれない。

でもわたしは姉さんを追い抜く真似をしなかった。隣に並んだ途端、走るのを止める。姉さんが真っ直ぐ走り続ける横で、姉さんと一緒だと笑って、ゆっくりと歩いていたのだ。今だからわかる。

『姉さんのプライドを、ずっと傷つけてきただけかもしれなかったっす』

わたしは小さい頃から、残酷な生き物だった。

悪いことはしていない。純粋な気持ちで、大好きな姉さんと同じがよかっただけ。無邪気にその背中を追って隣に並んできただけだ。

姉さんはいつだって追いついてくるわたしに、

「楓は凄いわね」

「流石自慢の妹ね」

「私も見習わないとね」

嫌な顔一つ見せず褒めてくれた。

物を知らぬ子供だったわたしは、それを額面通りに受け取ってきた。

客観的に見て、わたしがしていることがどういうことかを考えようともしなかった。

姉さんの気持ちが、今になってわからなくなった。

いくら姉さんが善良で、真っ直ぐな性格をしている人でも、それでもやはり思うことはあったのではないか。

　ふと、お母さんのことを思い出した。

　仲のいいわたしたち姉妹を、いつもニコニコと幸せそうに見てくれていた。けど、優しいその眼差しがふと陰るときがあった。

　姉さんにまた一歩近づいた。姉さんがそんなわたしを、凄い凄いと手放しに褒めてくれているときだ。

　お母さんにはわかっていたのだ。わたしのしていることの残酷さが。

　お母さんは心配していたのだ。笑顔の裏で姉さんが傷ついていないのかを。

　これで姉さんを小馬鹿にするような、性格の悪い子供であれば叱れたかもしれない。たしなめ矯正することができたかもしれない。

　でもわたしのしていることは、姉さんが大好きだから、その隣にいたいと頑張っただけ。悪いことをしているわけではないから、怒ることもできず、お母さんを悩ましてきたかもしれない。

「確かにこれは酷いな」

　重苦しくなった空気を入れ替えるように、センパイは息を吐いた。

「ミステリやサスペンスなら、殺人へ発展するのに十分すぎる」

『きっとその動機は、崖の上で語られるんすね』

姉さんの胸の内がそこで語られたとき、わたしはもうこの世にいないだろう。過去を振り返り、考えれば考えるほどそうなっても仕方ないと思う自分がいた。

そうして思い出した。

『でも、姉さんになら殺されても仕方ない。そんなトラップを、家を出る前に仕掛けてきたっす』

「トラップ？」

『昔使ってたノーパソを、部屋に残してきたんすよ。簡単なパスを突破したら、ウォーリーを探さないでを見るトラップっす』

「あれか……」

苦い表情をセンパイは浮かべた。

自暴自棄なまでの衝動によって、突き動かされていたあの日。頼れない姉さんに逆恨みの感情すら、あのときは抱いていた。

今はもう恨んではいない。

姉さんにわたしをどうにかすることはできなかった。センパイにそれを教えられたから。

仕掛けたトラップを今更回収するのもできなかった。もしかしたら手遅れかもしれない。

『上手くいけば、一緒に上京した姉さんの親友あたりが、見るはめになるっすね』

「おまえ……クルミちゃんに恨みでもあるのか」

センパイはここにはいない人を憐れむような遠い目をする。

クルミちゃん。ガミさんの店でよくお話しする、陽キャJD美少女。前から話には聞いていたが、まさか姉さんの親友、来宮まどかだとは思わなかった。

幼い頃から姉さんに話を聞かされていたのでよく知っていた。家に何度も来たことがある。ろくに話したことはないが、遠目に何度も見てきた。姉さんの隣に並んでも、見劣りしない陽キャ美少女だ。

人の縁とは奇妙なもの。まさかあの人が、センパイとお酒を交わす仲になるとは。色々とこじらせているセンパイが、あんな陽キャ美少女とお話しできれば、それはもう楽しいに決まっている。

姉さんには申し訳ないが、

『ダメージを効率よく与えるなら、その周りを狙うのが基本っすからね。なにより姉さんにはそれが一番利くんすよ』

やっぱりトラップが上手く作動してほしいと思い直した。

「しっかし、罪もない相手にあれを見せるとか、ほんとろくでもないな。殺人事件に発展しても仕方ねー案件だぞ」

『そうっすね。自分も初めてあれを見せられたときは、殺意を抱いたっすね』

あれを初めて見たのは、中学一年生の夏。

よい子は眠る時間はとうに過ぎ去り、日付が変わってからも、まだまだ眠る気はない。むしろここからがわたしの時間であった。

部屋の照明は落とされている。いくら引きこもりで学校に通っていないとはいえ、こんな時間まで起きているのはよろしくない。そう姉さんにお小言を貰うのを厭うたから。部屋の明かりは、モニターだけだった。

そんな模範的な引きこもりライフを謳歌していたわたしに、面白いから見てみろと送られてきたURL。

結果、深夜の文野邸にはわたしの絶叫が響き渡った。あんな声量を出したのは生まれて初めてであり、未だに記録は塗り替えられていない。

「抱いたっていうか、実際『野郎、ぶっ殺してやる！』って送ってきたじゃねーか」

送ってきた犯人は、過去を懐かしむように鼻で笑った。

『ひたすら草だけで返してきた煽りと恨み、今でも忘れてないっすよ』

「画面の向こう側で、顔真っ赤っかにしているおまえを思うと、マジで大爆笑だったわ。

おまえのせいで次の日は二日酔いになったぞ」

『野郎、ぶっ殺してやる！』

「マジで草だな――いって！」

余裕に満ちたセンパイの顔が、いきなり苦痛に歪んだ。それこそ椅子から飛び跳ねる勢いだ。

「このヤロー……」

センパイは足元を忌々しげに睨めつける。

視線の先には黒い物体。いつの間にかクロスケが移動していた。どうやらセンパイの足を、噛むなり引っ掻くなりしたのだろう。

クロスケは満足げに引き返してくると、ピョン、とわたしの膝に飛び乗った。

『クロスケは自分の味方っすね』

「にゃー」

丸まった背中を撫でると、クロスケは返事をした。

ただの小動物と侮るなかれ。このホラーハウスに認められただけあり、クロスケはまるで人の言葉、気持ちをわかっているかのようだ。

餌付けなんてしてないのに、黙ってわたしの味方をしてくれる。わたしに優しくしてく

NEKO

れる。

クロスケの天罰により、過去の煽りと恨みの溜飲《りゅういん》はすっかり下がっていた。

『ま、あれっすよ。やられたままでは悔しいんで、センパイへ返せない分を含めて、色んな思いをあのノーパソに詰め込んできたってわけっす』

「過去の遺恨は断ち切られず、負の遺産はかくして次へと引き継がれたわけか。人間はほんと愚かな生き物だな」

『まったくっすね』

初めは、逆恨みの感情をぶつけるために、愉快犯としてあれを残してきた。

でも、込めた思いはそれだけではない。諦めるかどうかは別として、それくらいは伝わってほしいと願ったのだ。

姉さんへの負の感情。その棘《とげ》が取り除かれた今は……やはりその願いは変わらず。むしろ前にもまして、この願いは強まっていた。

姉さんをまた嫌いになるのが、辛くて苦しい。

大好きなままでいたいから、二度と会いたくない。

そこに新たな思いが加わった。

わたしはずっと、姉さんに酷いことをしてきたのだと自覚したから。姉さんの本当の胸の内を知るのが怖くなった。

　残酷な仕打ちをしてきたわたしを、それでも可愛い妹だと、優しくしてくれたのは……姉さんがただの正しい人だからではないかと。

　わたしに悪気などないのだから、
　恨んではいけない。

　妬んではいけない。

　羨んではいけない。

　傷つくことすら許してはならない。

　姉さんはそうやって、自分を正しく律してきただけなのではないか。言語化しないまでも、負の感情がその胸のうちに溜まっていたのではないか……

　それを思うと、姉さんに会うのがなおさら怖くなったのだ。

　姉さんの想いを知るのが怖い。

　だから……どうかお願い、姉さん。

　わたしを探さないでください。

第六話　盲目性偏執狂ノ傾慕③

『うわあああああああ！』

「きゃぁあああああ！」

十数時間前にわたしが上げた大声量。それと同じ絶叫が、今度は椛の腹の底から轟《とどろ》いた。

ただし仰け反った先がソファーだったので、後頭部への一撃はなかった。

そんな夕暮れ時。

ソファーを背もたれにしながら、一分ほど放心した椛は、

「なんてものを見せてくるのよあんたは!?」

悲鳴の次は怒声を張り上げた。

対面で肩をわなわなと震わせている親友は、昨日の顔色が嘘かのように真っ赤になっていた。

ドッキリ大成功！　なんて思いは湧いてこそいないが、気持ちを共有できたことに満足はした。

「わたしは深夜に明かりのない部屋で、これを一人で見せられたのよ。そのときのわたしの気持ちくらい、少しはわかってもらわないとね」

「あんたが勝手に引っかかったものでしょ！　なんで私までそれに巻き込まれなきゃならないのよ！」

「椛がこれの当事者だからよ」

「……へ？」

「それ、楓ちゃんが残したものよ」

ポカンとした椛の顔は、信じる信じない以前に、意味を理解していなかった。

あの白い顔が脳裏から離れず、眠れたのは朝方。起きたときはお昼を回っていた。夏季休暇が明けて早々に、大学をサボってしまった。

国立に通う椛は、今月一杯は夏季休暇だ。連絡すると部屋にいるとのことなので、身なりを簡単に整え部屋へと訪れた。

パスワードを突破できたことを伝え、『姉さんへ』『ここで待ってます』。そんな文字に目を見張り、希望を取り戻した椛を待っていたのがこんな悪ふざけ。

次に履歴の『姉さんの友人へ』という嘲りの拍手を見せたのだ。

呆然としながら椛は、喉が潰れたような音を絞り出す。現実を受け入れられず、ノロマなかぶりを振ったのだ。

「楓が……こんなこと、するわけないじゃない」

「なら、これはパスワードを突破した某《なにがし》さんが、仕掛けたドッキリだと言いたいの？」

「あ、いや……」

「妹が心配で憔悴している親友に、こんな悪ふざけを仕掛けたのなら酷い話ね。そんな相手とは、今すぐ縁を切ったほうがいいんじゃない？」

「……ごめんなさい」

椛は咎められた子供のように目を伏せた。

別に悪趣味な仕掛け人扱いされて、腹が立ったわけではない。一度は抱いた希望を、こんな形で覆す現実を受け入れたくないのもわかっている。その気持ちに寄り添って上げられないほど、この友情は安いものではないのだ。

キツイ言い方をしたのは、ここから先に進むためのプロセス。椛にはまず、現実を受け入れてもらわないといけないのだ。

「『くれないようの日』の意味、まだわからない？」

恐る恐る上げるその顔に、優しく問いかけた。

「椛の誕生日よ」

左右に振られる頭を見届け、あっさりと答えをもたらした。

椛の口と目は、二段階にわけて開かれていく。自らの誕生日であった驚きと、たどり着いた『くれないよう』の答えにだ。

「まさか自分の誕生日だったなんて、思いもしなかった？」

「ええ。そう……楓が、私の誕生日を……」

椛の口元は仄かに緩んだ。

楓ちゃんのことは大好きであっても、その逆に自信がない。引きこもっていた楓ちゃんに、あれこれとうるさく言ってきたのだ。それが楓ちゃんのためを思った優しさであっても、本人にとっては煩わしかっただけかもしれない。

椛はそれを『こんなにもあなたのためを思っているのに、なんでわからないのよ！』と憤るような浅慮な人間ではない。

楓ちゃんが自分一人で立ち、歩けるようになった先で幸せならばそれでいい。そのためなら最後には嫌われたって構わないと、この前ポツリと漏らしていた。

そんな矢先の話だ。プライバシーの塊であるものに、自らの誕生日をパスワードに設定されていたのは嬉しかったようだ。嫌われてなんていなかった。自らの想いは一方通行ではなかったのかと。

だから……ここからするのは椛にとって酷な話になる。

「楓ちゃんは全て、こうなるようにこれを残したと思うの」

「こうなるように？」

「そう。椛本人じゃなくて、椛の友人がパスワードを突破することを想定して、ブックマークと履歴を残した。そんな仕掛けを残したのよ」

楓ちゃんは自身の家出を大事にされることはない。警察沙汰にならない絶対的な自信があったのかもしれない。

椛ではたどり着けない問題。でも椛の親しい者ならすぐに解けるラインを想定して、謎々のようなヒントを設定した。問題を問いて意気揚々とブックマークを開いた相手を驚かせる。最後は履歴をたどった先で嘲笑う。

自分が残した唯一の手がかりと思わせているのだ。全てを話してそれを託すことができるのは、よっぽど信頼できる相手。椛を取り巻く環境を考えるのなら家族親戚にはいない。姉さんの友人へと残したのは、よっぽどの自信と確信があったのだろう。

「なんで楓は……こんなものを？」

椛は疑問を浮かべる。現実から目を背けているのではない。本当にわかっていない顔だ。

楓ちゃんはなぜ、こんなことをしたのか。

こんなものを残すことに、一体なんの意味があるのか。

パスワードと一緒だ。固定観念の楔《くさび》。胸にそれを深く打ち込まれている椛では、一生たどり着けない答えかもしれない。

楓ちゃんがこんなものを残した理由。

「深い意味なんてない」

わたしは真っ直ぐに椛の目を見据えながら、

「ただの悪趣味な悪ふざけ。それだけの話よ」

おまえの妹は性格が悪いと告げたのだ。

大学をサボったとはいえ、夕方までダラダラとしていたわけではない。ゲーム好きなパソコンにも詳しい友人と連絡を取り、大学の先輩がこんなことになっている、という体で相談したのだ。

二画面でゲームなどをしているようだと伝えると、パソコンのスペックを調べさせられた。するとこのパソコンは、二画面でまともにゲームができる代物ではないとわかったのだ。

もう使っていなかった物をわざわざ引っ張り出し、仕掛けを用意し、これでもかと見える場所に残していった。

結論として、愉快犯以外の答えが出ることはなかった。

「楓が……あの子が……そんな、子なわけ」

まるでイヤイヤ期の子供のように椛はかぶりを振った。

信じられないのではなく信じたくない。ここまでの現実を与えられながら、きっと悪い夢に違いないと思っている。悪い夢であってほしいと願っている。

だからわたしは、そんな椛に現実を突きつけなければならない。

「ねえ、椛。あなたの楓ちゃん像って、一体いつからそのままなの？」

「え……？」

「引きこもるようになった小学生から、止まってるんじゃないの？」

ありえぬ幻想から目を覚まさせてあげなければならない。

「確かに楓ちゃんは社会《がっこう》から逃げ出して、家族にも背を向けてきた。外の世界から目を逸らすために、あの部屋に閉じこもってきたかもしれない」

人が成長し、変わるキッカケはいつだって外部からの刺激である。牢獄のような場所で体育座りなんて続けていたら、よくも悪くも、いつまでも変わらずにいられるかもしれない。

でも楓ちゃんに限って、それに当てはまることはなかったのだ。

「でもね、あの部屋には誰かと繋がる窓口はあったのよ。現実社会なんかよりも複雑で、混沌とした刺激的な世界」

わたしは目を落とし、

「インターネットがね」

パソコンを見据えた。

部屋に引きこもり続けながらも結果を出し、社会が求める成果を誰よりも生み出し続けてきたのだ。

楓ちゃんは天才なんて言葉に収まるほど、生やさしい存在ではない。

まさしく神童だった。

「皆が家族団らんを営んで、学校で交友を育んでいる中で、楓ちゃんは画面の向こう側の世界とだけ、交流してきたのよ。そんな子が社会の示す、健全な育ち方なんてしていると思う？」

かといってそれが椛のように、真っ直ぐ育つのには繋がらない。

清濁併せた情報の海。同世代が社会の荒波に揉まれ成長していく中、楓ちゃんは電子の世界で航海を続けてきた。

社会の中で育てば共通認識を与えられ、実践的に求められる。それから外れるような行為をすれば咎められ、次第によっては罰せられる。

そうやって社会に適応できるように、子供は育てられていくのだ。

でも引きこもった楓ちゃんは、社会からそれを与えられないし求められもしない。情報としてそれから外れるとどうなるか。それを知っているだけに過ぎない。

好きなように好きなものだけ、情報の海から取捨選択しながら、部屋に一人閉じこもって成長をしてきたのだ。思想や価値観が偏り、ろくでもない性格に育つのは自然な流れだ。

「楓……」

椛はガックリと肩を落とし、悲しそうに顔を俯かせた。

親にも社会にも管理されず、インターネットだけを外の繋がりとして育っていく。それがろくでもない成長を促すことくらい、椛も知っていたはずだ。

それでも楓ちゃんに限っては、そんなことだけは起こらない。社交性はなくても、思いやりのある優しい子に育っていたと信じてきていた。

妄想にも似た幻想から目を覚まし、現実を前に椛は項垂《うなだ》れている。まるで全ては自らの責任だと、力不足を嘆くような有様だ。自分のしてきたことは全て間違っていたと、後悔すらしている。

「わたしが思うにね」

そんな親友の隣に移動して肩を並べる。

「椛は優しいだけで甘くはなかった。楓ちゃんは自分を上回る天才。その場にさえ連れ出せば、必ず乗り越えられる能力を発揮する。そうやって楓ちゃんを信じてきた」

横目でわたしを窺う椛に、

「椛のそれは、まさにわたしの恋と同じね」

「まどかの恋と、同じ？」

「盲目ってこと。椛は楓ちゃんのことを買いかぶりすぎたのよ」

抱えてきた問題をハッキリと告げた。

「誰が見ても無理だとわかるのに、楓ちゃんなら大丈夫。はいはいしかできない赤子に、自分の力で立って歩けると信じて、それを求めてきたのよ」

「私……楓にそんな酷いこと」

椛は声を震わせた。そこから先を紡ぐことはできなかった。

酷いことをしていないと否定したいわけではない。自らやってきた行いを振り返り、そんなことをしていたのかと愕然としているのだ。

ここまで椛に現実を突きつけて、一つ気づいたことがある。

父親に追い詰められたとき、なぜ楓ちゃんは椛を頼らなかったのか。

なにかあったら連絡しなさいと伝えられていた。それが上辺だけの言葉ではないのは、楓ちゃんもわかっていたはずだ。

残されたパソコン。

その先に残されていた悪趣味な悪ふざけ。

姉さんへと残されたブックマーク。

『ウォーリーを探さないで』

楓ちゃんにとって椛は……そういう意味なのかもしれない。

わたしが今気づいたその意味に、椛はすぐたどり着いたのだろう。

「う、うっ……」

今にも嗚咽になりそうな音を、その喉で鳴らしていた。

体育座りをした椛は、沈めるように顔を俯かせた。

妹を思ってやってきたことが、なんのためにもなっていなかった。それどころか楓ちゃんを追い詰めていただけ。自分が頼れなかったばかりに、その結果こんなことが起きてしまった。全部自分の責任だと考えているのかもしれない。

「結局、椛もただの子供だったということね」

だからそれは違うと、教えてあげなければならない。

「高校までずっと、教師を神様と崇《あが》める場所で、社会のルールを学んできた。それを上手にまっとうできず、辛くて苦しいことはあるかもしれないけど、皆そうやって生きているんだって」

盲目的に楓ちゃんを信じ、買いかぶってきたが、それでも当時の椛にできることは限られていた。

「そうやって教えられ、枠から外れず真面目に生きてきただけの椛に、子供を導けなんていうのが酷な話だったのよ」

なにせ手持ちのカードが偏っている。

社会ではこの価値観だけが絶対的に正しいもの。それだけを考えていればいいと教えられたから。

人は自らの価値観と知識でしか物事を測れない。その範疇から逸脱するものは生み出せない。江戸時代の田舎者が、洋食を作れないのと同じである。

「結局、楓ちゃんをどうにかできたのは、社会で生きていく上で大事なものを知りながら、お勉強ができればそれでいい。そうやって放置してきた大人の責任だったのよ」

だから洋食の存在を知り、調理方法をわかっている者が作らなければならなかった。

かつてＳＮＳで回ってきた学生と社会人。求められるものが反転する現象。

それを身にしみておきながらも、その経験は生かされることはない。かつての大人たちに求められたものを、そのまま子どもたちに求めた。負の遺産《システム》は改良されることなく、そのまま後世へ継承されていったのだ。

「だからさ、楓ちゃんがああなったのは親が悪い。社会が悪いでいいじゃない。椛が責任を感じる必要なんてないのよ」

「まどか……」

涙ぐんだ目を椛は向けてくる。その目元は僅かに濡れながらも、こぼれ落ちるほどの雫ではなかった。雨模様となるはずだったそれは、快晴とまで言わずとも、曇り空に微かに光が差し込むくらいには回復した。

椛の頬には小さなえくぼが拵えられていた。

「あんたにこんな風に慰められるなんて……これじゃあ、いつもと逆ね」

「たまにはこんなことがあってもいいでしょ？」

「ええ。色んな価値観を飲み込んだ大人みたいだったわ」

「ふっふっふ。わたしも大学に入ってから、色んな経験を積んでいるってことよ」

「そうらしいわね。知らない間に差をつけられたみたい」

手放しに褒め称えてくる椛。皮肉もなく、その瞳には尊敬の念すら宿っていた。

後ろめたさが仄かに湧いてしまい、

「ま、ほとんどがタマさんの受け売りなんだけどね」

あっさりと白状してしまった。

◆

「引きこもりの兄弟なんざ、ただの人災だ。煙くて煙くて仕方ないだろうな」

金曜日の夜の恒例として、その日もマスターの店を訪れていた。

話題は先日起きた、引きこもりの兄弟殺傷事件になっていた。

なぜそんな話に飛んだのか覚えていないが、世間話なんてそんなもの。お題を決めて討論するのではないのだから。あれこれとしていた話の一つとして、話題に上がったにすぎない。

この手の時事ネタは、タマさんの考えを聞くのが定番となっていた。

タマさん自身、得意げに社会語りをしたり、偉そうに批評したりはしない。相手を選んで差し障りのないコメントをできる人だ。

話を深く求めれば、歯に衣着せず、綺麗な言葉を飾らず、不謹慎を厭わず、人の持つ黒い部分をあげつらった、ＳＮＳなら間違いなく炎上するような自分の考えを語ってくれる。実際どさなんて平気で飛び越えるのだから、人によっては不快になるだろう。性善説を信じるような人に聞かせれば、憤ること間違いなしだ。

タマさんもそれを自覚しているから、他にお客さんがいるときにはしない。

だから相手と場所を選ぶ話をしてくれる大人は、わたしの中では貴重であった。

「引きこもりを許してしまった親は自業自得として、巻き込まれた兄弟は可哀想なもんだよ。なにせそいつが生きてるだけで、社会的信用が落ちるからな」

「世間体が悪いとか、そういう話ですか？」

「いいや、もっと直接的に人生に影響を及ぼす。そんな信用問題だよ」

「人生に影響が出る、信用問題……？」

眉間にできた皺を、人差し指で解きほぐしながら考える。

答えにたどり着けなかったので、お手上げの代わりにタマさんを見遣ると、

「一番わかりやすいのは結婚だな」

「あ……」

もたらされた答えにハッとした。

「親が面倒を見ている内はいいが、いなくなったら誰がそいつの面倒を見るんだ、って話

になる。知らぬ存ぜぬは通用しない。社会のルールとモラルが、そいつの面倒を見ろっていうんだ。無駄飯ぐらいの金食い虫を抱え込まなきゃならん将来に、いい顔する相手なんていないだろう」

兄弟に引きこもりがいるせいで破談になった、とはよく聞く話だ。

「引きこもりにならざるをえない過去なんてのは、人それぞれなんだろうがよ。迷惑だけをかけられている側としては、そんなの知ったこっちゃない。好きでこうなったわけじゃないって喚き立てられようものなら、それこそ『うるせーくたばりやがれ！』って言いたくなるだろうな」

タマさんはケラケラと笑いながらも、物騒なことを口にする。

今日も平常運転である。

「飼い主の責任のもと、引きこもりを処分していいなんて法案が通ってみろ。世の中から九十五割の引きこもりがいなくなる」

「タマさん、また過激なことを言いますね」

「昨今のトレンドは、弱者の人権保護だ。こんなことを気軽に口にしようもんなら、プロ市民たちに燃やされる」

ニカリと口端を上げるタマさんに、

「だから、相手を選んで喋ってるつもりだよ」

胸がドキリとしてしまった。

「それにクルミちゃんのお友だちは、九十五割の執行者にならないんだろ？」

胡乱《うろん》な言葉を使いながらも、本題へとしっかり繋げてくれた。

楓ちゃんは学校へ通えていると椛は確信していた。あれからだいぶ経つのに、わたしは未だ訝しんでいたのだ。

だから事件の話題が上がったとき、友達の妹も、という具合に切り出していたのだ。

「自分の将来のためじゃない。妹の将来のことを考えて、一人で立てるようになってほしい。優しく寄り添って、話を聞こうと努めてきたけど成果は挙がらない、だっけ？」

「はい……満足に受け答えもして貰えないようで」

「なるほどな。わかったわかった」

此度《こたび》の問題、その本質がわかったような軽快な口ぶりだ。

次の瞬間、タマさんの両手がこちらに伸びると、

「さあ、あなたの気持ちを聞かせて？」

わたしの両頰を掴んで、真っ直ぐに目と目を合わせてきた。それこそ視線を逸らすことを許さないと。

不意打ちに胸がこれでもかと高鳴った。

進展などまるでなかったわたしたちの関係。それがいきなり変わらんとしているのだ。自らの気持ちを先に告げず、わたしの気持ちを聞かせてほしい。

壁ドンなんかよりも、よっぽど男らしい女子への迫り方。

まさに今のわたしは、メロメロのメロメロだ。

このまま二人は幸せなキスをして終了。ハッピーエンド、完。

「クルミちゃんのお友だちがやってるのは、これだ」

が、それは幻想であると告げられた。

「心に寄り添ってるんじゃない。無理やり自分の方を向かせているだけだ。これで話し合いになるんなら、とっくに引きこもりは脱しているさ」

「あ……」

もたらされた幻想にガッカリしそうになったが、もたらされた問題点には納得できたのだ。

楓ちゃんは家族に背を向けるほどの引きこもりだ。満足に口を利くこともできない子に、これを同じことをしているなんて愚行である。

優しく寄り添っているつもりであっても、逆効果にしかなっていない。椛はそれに気づいていなかった。客観的に見ているつもりであったわたしも、今思い知った。

ちょっとしか二人の関係性を伝えていないのに、パっと問題点をあげたタマさん。そこらの大人とは違う様を見せつけられ、またメロメロのメロメロになってしまった。

一生この類の温もりを感じていたい。

「タマ」

そこにマスターが、

「それ、セクハラよ」

そう指摘したためあっさりと消え去った。その両手は勢いよく、テーブルのグラスを薙《な》ぎ払ったのだ。

パリン、ガシャーン、っと。

◆

椛と楓ちゃん。

タマさんは二人の関係性、問題点をズバリと突いてくれた。

どうやら見抜いたというよりは、知り合いの知り合いの知り合いの親戚に、似たような話があり、それでピンときたようである。

　小学校のときからずっと引きこもっていた女の子。親戚に預けられると、すぐに自らの意思で口を利くようになり、自然と喋れるようになったそうだ。学校こそ通えていないが、家事の一切を取り仕切るまでに成長し、彼女がいない時代には戻れないほどらしい。

　なぜ彼女がそこまで成長できたのか。実に興味深い話だった。

　楓ちゃんが学校に通えているのなら、必要のない話かもしれない。それでも椛に必要なときが来るかも知れないと、聞かずにはいられなかった。

　そしてそのときは、やはり訪れてしまった。

「大事なのはさ、楓ちゃんが戻ってきたとき、椛がどう接するかよ」

　かつてのタマさんのように、椛の頬を両手で捕まえて、無理やりこちらを振り向かせた。

「さあ、あなたの気持ちを聞かせて？」

「え？」

　生真面目に目を合わせるわたしに、椛はただ狼狽えていた。

「椛が今までやってきたのは、ただのこれ。こんなことをされたら、楓ちゃんだって言いたいことも言えないでしょ？」

「あ……」

かつてのわたしのように、椛は自らしてきたことの意味を知った。

椛を解放しながら、わたしは話を続ける。

「楓ちゃんはさ、引きこもるようになってから、喋る行為そのものが苦手になったのよ。ほら、教室にいけなくなった理由が、あれじゃない？」

お母さんを亡くしてふさぎ込み、それでも乗り越えんとした矢先。数ヶ月ぶりに足を踏み入れた教室で、吃った言葉を発してしまって、それをクラスの男子にからかわれてしまった。

喋ること自体が嫌いになるほどのトラウマになってもおかしくない。その上で家族とも満足に会話をしないのだから、声帯は衰える一方だ。いざ声を出そうとしても、満足に働かないのだ。

そうやって肉体的にも精神的にも、会話をする能力を失ってしまった。

「上手く喋れないから、伝えたいことが伝わらない。それがわかってるから、楓ちゃんは初めから話し合うのを諦めてたのよ」

「なら、交換日記でもしたらよかったのかしら？」

椛はしかつめらしいまでの声音で言った。冗談ではなく本当にそうするべきだったかもしれないと思案しているのだ。

同じ過ちを繰り返したくない。その強い意志が感じられた。

「文字という点はいいかもだけど、ちょっと古風すぎよ。楓ちゃんはパソコンが得意なんでしょ？　なら、楓ちゃんの伝えたいことは、スマホで受け取ればいいじゃない」

「スマホで？」

「椛が喋る近くで、楓ちゃんはキーボードを叩くのよ。カタカタカタカタカタカター、って。通知が鳴り止まないくらいに、次から次へと意思を叩きつけてくるかもよ？」

「凄いシュールな光景ね。あの子はどんな顔でキーボードを叩くのかしら」

「その顔も見られたくなさそうなら、スタートは扉越しからよ。そこからなんとか、はい、といいえの一言二言の返事くらいは、声に出して貰うようにするの」

「それはまた……腰を据えた長期戦になりそうね」

「必要なのは、将来を見据えた優しさだけじゃない。目の前の階段を一段、また一段って手を取りながら上らせてあげる甘さよ」

偉そうな教師が答えを示すように、人差し指を何度も振る。

「それで一年後に間に合わなくても、二年後のためにはなるかもしれない。小学校から変わらなかった人が、一ヶ月や二ヶ月で大変身するかもしれない」

タマさんの知り合いの知り合いの知り合いの親戚の子は、どうやらそれで大きく成長したらしい。楓ちゃんほどの神童なら、成長できる環境さえ整えばいくらでも伸びるだろう。

「楓ちゃんを大学に通わせるにしても、現役合格にこだわる必要なんてある？　その前に社交性を身につける、そんな時間を与えてあげてもいいんじゃない」

警察や政治家や官僚を目指しているのであればともかく、一年や二年くらいの遅れ、大学では珍しくもなんともない。

大学は人生のゴールなんかではない。ただの人生の通過点。学んだ先で見識や交友関係を広げ、次のステージへ向かう準備を整える期間にすぎない。学力以上に整える能力こそがなによりも大事であり、要求されるのだ。

これからの人生を生きていく上で、一生必要とする能力。学力だけは足りているからと先に進む前に、まずはその能力をじっくり育てることこそが、これからの十年、二十年後のためになる。

かといって今この瞬間の一年、二年もまた軽いものではない。当人だけではなくその介助者の時間まで奪うことになるのだ。

巻き込まれただけの人災なら放っておきたい。ルールやモラルが許すなら、それこそ火元を直接絶ちたい案件だ。

けれど、

「だって椛は、将来の自分のためなんかじゃない。楓ちゃんの人生のためを思って、なんとかしてあげたかったんでしょう?」

「ええ……。あんな生活はいつまでも父さん《あのひと》が許すわけがないもの。楓にはなんとかして、自分で立って歩けるようになってもらわないといけなかった」

それは違うと椛は首を振った。

今回楓ちゃんを追い詰めた、父親の強硬策。それに準ずることがいつ起きてもおかしくないと、椛自身が一番わかっていた。だから楓ちゃんを再び、社会《がっこう》へ戻さなければならなかったのだ。

「色々と世話を焼いて、優しくしてきたつもりだったけど……独りよがりがすぎたようね」

自らの過ちを椛は自虐的に笑った。

楓ちゃんとの意思疎通の図り方を間違えたものだから、上手く行かなかった。なにを間違えているのかもわからない状態だったのだ。

「まずはちゃんと楓と話し合えるようになる。それが当面の、私の目標ね」

椛は自分に言い聞かせた。

わたしは思ったのだ。椛に一番足りなかったのは融通ではないかと。誰かに対してではない、自らの生き方に対してだ。

人間は自らの価値観と、知識だけでしか物事を測れない。その範疇から大きく逸脱するものは生み出せない。

社会の仕組み、当たり前をまっとうできないがために、辛くて苦しい思いをした者たちがいる。社会はそれを子どもたちに、皆そうやって生きているんだ。そういうものなんだとしか教えてこなかった。

だから社会のレールを一度も外れることなく、その上を走り続けてきた椛には、楓ちゃんを部屋から引っ張り出す術が、その手に備わりようがなかったのだ。

なにが間違っていたのか知った今の椛なら、もうその心配はないだろう。なにせ人に見られないところ以外、完璧な才媛だ。同じ過ちはもう繰り返さない。今度こそ楓ちゃんを社会へ適応できるよう導くことができるだろう。

「まどか」

だけど導きたい相手は行方不明。

問題点がわかったところで、問題は依然として解決していない。

「ありがとう。あんたがいてくれてよかったわ」

それでも椛は、一つの山場を乗り越えたように笑いかけてくれたのだ。

第七話　笑えるくらいが丁度いい

我がホラーハウスの下では、表沙汰になっていない犯罪が起きている。

罪状は、未成年者略取・誘拐罪。三ヶ月以上七年以下の懲役とのこと。わいせつな行為とみだらな行為との違いを含めて、自宅警備員を雇用するまで知らなかった情報である。

この両手に輪っかがかかったとき、これだけは叫ばしてほしい。

「俺は子供に手を出してなんていない！」

半年も抱え込んでおいての戯言《たわごと》だ。誰も真面目に受け止めてくれないだろう。

我がご尊顔はお茶の間デビューし、嫉妬に狂ったネット民共が羨ましい妬ましいと、身勝手な妄想という名の、もし自分が俺の立場ならこうするという願望を膨らませながら、ボロクソに叩くのだ。そして正直者たちは、彼のように家出少女に手を差し伸べたいだけの人生だったと、欲望《ゆめ》に耽るのだ。

そんな彼らの気持ちを、穢らわしい、不純だと糾弾するつもりはない。俺もそっち側の人間だからだ。

この社会が掲げるルールとモラル。扱いは知っているだけで、大事に尊ぶ心など欠片も宿っていない。だからあの日、レナと一線を越えることになっても、背徳感はあれど罪悪感はまるでなかった。

それなのに手を出さなかったのは、求められたから応えたという、予防線を張っていたからにすぎない。

ちょっと受け身すぎたか、なんて反省がないこともない。あのときは下手にがっつかないことこそが、大人の余裕とすら思っていた。

今思い返せば、レナはこちらを見上げたまま目を瞑る場面が多々あった。大人らしさかつ男らしさを求められていたのかもしれない。

惜しいことをしたと悔やんでももう遅い。

一夜明ければこれまで通り。俺たちの関係は仲睦まじい男女ではなく、センパイとコーハイ、クソ社長と自宅警備員のまま。おーい磯野、野球しようぜーという感覚で、夜のスポーツに誘える雰囲気などはなく、男女の関係にムードというものがどれだけ大切であるのか。彼女いない歴年齢独身でも、よくわかる顛末《てんまつ》であったのだ。

だからこそ、目の前の光景に生唾を飲んでしまった。

いつもであれば帰宅すると、どこへいようとパタパタと足音がまず聞こえてくる。ただ今日に限ってそれはない。キッチンを覗き込んでもそこは空。開けっ放しのレナの部屋にも人気はない。

自分の部屋へそのまま入ると、

「ん？」

見たことのない景色が広がっていた。

超常現象の残り香とも言える、異様な爪痕が残されていたわけではない。

まず目についたのは椅子にかけられていたエプロン。そしてベッドで横たわっている我が家の自宅警備員の姿であった。

それがどういう意味を示すのか。すぐにわかったが、それに至った経緯がわからない。

「おーい」

かけ布団の上から、横向きで眠っているレナの肩を揺すった。

返事がない、ただの屍《しかばね》のようだ。みたいことがあったら流石に困る。布団越しには温もりは感じるし、一定のリズムで上下している。ちゃんと息はあるようだ。

逡巡はあったが、意を決し布団を捲《め》くってみた。

「んっ……！」

思わず息を呑んだ。

こたつの中の猫のように、丸まっているその寝姿。胎児のようでありながら、それからほど遠い豊かな母性。

同じ屋根の下、半年も顔を合わせながら暮らしているのだ。レナが可愛いのは今更であり、その顔を見たくらいで今更ドギマギなどしない。だから生唾を飲んでしまったのは、その姿にこそ問題があった。

まとっているのは肌着の黒シャツとショートパンツだけ。覗ける肌色はすらっと伸びた手足だけではない。シャツの裾が大きくめくれ、ヘソが丸出しであった。襟から覗ける艶めかしい鎖骨を引き立てているのは、ピンク色の下着、その肩紐である。

寝床にはそんな無防備すぎる、巨乳ＪＫ美少女が眠っている。いや、巨乳元ＪＫ美少女だ。

ドッキリはなかったが、ドキリとした。

こうして寝顔を見るのは初めてだ。横顔は幼くありながらも、寝息に従って揺れる唇が艶めかしかった。

あの晩を思い出し、つい唇に目を奪われる。次に移すべき行動について、頭が動いてくれない。

どれほどその寝顔を眺めていたか。

無意識のうちに伸びた指先が唇に触れると、

「セン……パイ？」

甘くすら感じる声が伝わってきた。

レナの首が僅かに動く。

唇の次は、まどろんだ水気を帯びた瞳にこの目が奪われた。

レナは未だ夢心地なのだろう。

俺の指先を両手で包み込むと、

「んっ……」

唇でついばんだのだ。

はむはむと甘えるような唇の感触が、さざなみのように指先を刺激する。心地よさを通り越してその刺激は官能的であった。

手を引いて何事もなかったかのようにレナを起こす。それが正しい選択とわかっていながらも身体が動かない。こちらを見上げる蠱惑的なまでのその眼は、さながらメデゥーサと見つめ合っているかのようだ。

そうやって身を任せるというよりは流されていると、指先は少しずつ、奥の方へと咥えられていく。ついには唇とはまた別な、柔らかな感触の中に水気を感じたところで、

「……あ」

醒めた音が耳朶を打った。

まどろんでいたレナの薄目は、ハッキリと見開かれている。

俺の硬直が伝染したかのように、レナの身体は微動だにしない。代わりにその顔は、秒単位で赤くなっていった。

超能力者ではない身であれど、今のレナの思考を言語化するのはあまりにも容易《たやす》いものであった。

『くぁwせdrftgyふじこlp』

◆

「とりあえず風呂入ってくるから、それまでにふじこった頭を冷やしとけ」

それだけを言い残し、センパイは部屋を後にした。自らのベッドで眠りこけていた闖入者の罪状を、追及することなく恩赦を与えてくれたのだ。

自宅警備員の本質を取り戻すかのように、すぐに自らの部屋に引きこもった。わたしの部屋はセンパイの隣室。隔てるのはふすま一枚だけ。薄くともその一枚が、今はなによりの精神安定剤となった。

犯した醜態。何度も首を振るっても記憶から抜け落ちてはくれない。一層脳裏に強く刻まれてしまう。

心臓は早鐘のように鳴り響き、生まれた熱量は顔に蓄えられる。

センパイの指先の感触が唇から離れない。心を落ち着かせるため忘れたいのに、心の底が惜しんでいるかのようだ。

気づけばふと、人差し指を咥えていた。

「うっ……！」

慌てて唇から指先を離す。

無意識下の行動。なぜこんなことをしてしまったのか。すぐに自己分析ができてしまった。

比べていたのだ。自分のものとはまるで違う、ゴツゴツとしたあの感触と。

ジッと指先に目を落とす。

こんなことをして気持ちが落ち着くわけがない。わかっている。それでも底なし沼にはまったかのように、変な思考から抜け出せずにいると、

「ふっ」

隣室からの声でようやく我に返ったのだ。

プシュ、という音に続いてゴクゴクと喉が鳴っている。行水を終えたセンパイが一杯始めたようだ。

それを呼び水にして、この手はキーボードの上で躍り始めた。早く言い訳がしたいと心が逸《はや》ったのだ。

『クロスケっす』

だから第一声となるメッセージが、こんな突拍子もないものになったのだ。

『クロスケが昼頃にやってきて、祭壇でお昼寝してたんすよ。いつものことなんでそのまま好きなようにさせていたんすけど、三時頃っすかね。気づけばクロスケがベッドで丸くなってたんすよ。ほんと気持ちよさそうにすやすやと。可愛い小動物の魔力ってやつっすか。それを眺めているとつい自分も、って釣られてしまってベッドイン！　飼い主のいないところで、クロスケなら俺の横で寝てるよ、って同衾したってわけっすよ。そのままグッスリすやすや夢の中っす』

いつもなら小分けにするほどの長文。めっちゃ早口で言ってそう、と揶揄《やゆ》されても仕方のない仕上がりであった。

「なるほど。最近あいつ、よく来るもんな」

『そうなんすよ。最近はもう、週三のペースっすよ』

「あれ……？　なら、とうのクロスケはどうした？」

納得しかけたセンパイは、すぐに矛盾に気づいた。

クロスケを中に入れるのも外に出すのも、窓を開けるという人の手が必要だ。けどとうのクロスケはこの家にいない。

嘘なのだから当然である。

今日、クロスケは来ていない。センパイのベッドに潜り込んだのは……いつものことで、そのまま眠ってしまっただけである。

『なんか起こされた記憶はあるんで。外には出したけど、寝ぼけてそのままってやつっす』

「まあ、さっきの寝ぼけ方を見ると、説得力はあるな」

『それは禁止カードだって言わなくてもわかるだろいい加減にしろ！』

◆

クロスケとの同衾事件により、夕食の支度はされていなかった。

今日くらいは弁当を買いに行くか、はたまた贅沢に出前でもと思ったのだが、レナはそんな贅沢は不要と固辞した。食費の管理者としてのプライドがあるのかもしれない。

そうして用意されたのが、温玉が乗ったチャーシュー丼とわかめの味噌汁。自分の不徳でこんな簡単なものしか出せず、と申し訳無さそうにされたがとんでもない。まさにこういうのでいいんだよ、な夕食だ。そもそも有り合わせで温玉とチャーシューがある時点で、普通の家庭ではありえない。

夕食に今日も満足し、お互いに落ち着いた頃。

「しっかしおまえも、クロスケに懐かれたもんだな」

ハイボールをレナから受け取りながら言った。

元々、クロスケの訪問は、一ヶ月に一回あるかどうか。それが初めてレナと顔を合わせて以来、訪問回数は目に見えて増えた。

特別餌付けしているとか、玩具で遊んでいるのではない。それなのにレナが一人きりのときを見計らい、週三回も訪れている。

まるでレナに会いに来るかのように。

「もしくは、庇護対象に見られてるのかもな」

『庇護対象っすか？』

後ろでノートパソコンを開いたレナは、遅れながらもメッセージで応えた。

「ああ。俺がいない間、この家で人気があっても、全部クロスケのせいにできる」

『確かに。そう考えると、クロスケは来てくれるだけでありがたい存在っすね』

古株の近隣住民にとって、クロスケは存在が知れ渡っている猫だ。元々この家を縄張りにしていたのも有名だ。

クロスケがこの家に上がり込むのは、日常茶飯事。そういうことにしておけば、ホラーハウスとの相乗効果で、レナの存在はより隠匿しやすくなる。

『それにペットは飼ったことがなかったんで。小動物の癒やし効果を実感したっす』

「なんだ、半上級国民なのに、ペットの一匹も飼ってなかったのか？」

『うちの社長は動物嫌いだったんで。経営方針には逆らえないっすから』

「そっか……なら、仕方ないな」

レナの父親の人間性は今更。深く突っ込むところではなく、かといってあからさまに話を逸らすのもあれだった。

「好きな動物はなんだったんだ？」

『ペンギンっすね』

「また、おまえには似合わない生き物だな。なんか思い入れでもあるのか？」

『あー、そうっすね。好きな動物っていうよりは、そっちの表現のほうが近いかもっす』

ペットにしたい、という意味合いを込めた問いを、レナは誤解していたようだった。

『昔、家族で水族館に行ったときに見た、ペンギンショーが面白すぎたんすよ』

「ペンギンショー？」

『なんとそのペンギンショー、ペンギンたちが言うことを利かないいんすよ』

「言うことを利かないって……どんなショーだよ」

『言うことを利くか否かは、ペンギンたちのその日の気分次第。そうやって博打《ばくち》でショーをやってるのが、傑作なんすよ』

『帰りに食べたお寿司の味は、今でも忘れません』

反応する間もなく、メッセージは続けて送られた。博打でショーとか、水族館の帰りに食べたものとか。どちらに突っ込むのか、選択を迫られているようだった。

逡巡の末、後者を選ぶことにした。

「水族館の帰りに、よりにもよって寿司かよ」

『まさかあれが家族三人、全員揃った最後のお出かけになるとは。あんときは思いもしなかったっすね』

憂いを含んだ吐息が、後ろから聞こえてきた。

家族三人。それを全員揃ったと言ったレナ。

父子家庭であることを考えれば、父親と姉、そして自分の三人を示すことになる。でもそれは違うのはよくわかっていた。父子家庭となる前、母と姉と自分。それで家族全員だと、父親の存在を蔑ろにして言ったのだ。

そんな家族三人揃った、最後のお出かけ。レナにとってその水族館は、幸せだった日々の最後の思い出だった。その水族館で過ごした、一番思い出深い記憶こそが、ペンギンショーだった。

だから思い入れのある動物は、ペンギンと反射的に答えたのだ。

『センパイはどうでした？』

「どうでしたって、なにがだ？」

「えっと……」

レナの口は困ったように言葉を探した。

こうして話題を変えようとしたのは、自分みたいのがペンギンに深い思い入れがある。その照れ隠し、というわけではない。気づかぬうちに自らの不幸を語ってしまい、それを帳消しにしたいのだ。

「家族で外出したときの思い出――あっ……」

肩越しに振り返ると、レナは口元に手を置いていた。意図せぬ失言をもたらしたものを封じるように。目が合うと、バツが悪そうにしゅんと肩を落としてしまった。

「そんな気を遣うな」

なぜ気まずそうにしているのか。

「俺の中じゃとっくに割り切ってることだ。あんなクソみたいな親もいたな、ってな」

俺が両親に対して、子供の頃からどのような思いを抱いていたか。それを知っているからだ。

母親はもういないし、父親とは決定的な溝ができている。

「そうだな……小学生くらいまでは、家族揃って外食することはよくあったし、年に一回のペースで旅行には連れて行かれた」

それでも家族との思い出を作るイベントはあった。どこにでもある普通の家庭と見られるほどには。

「ただ、どこを探しても素晴らしい家族との思い出、なんてものがないのは確かだな」

ただし、俺にとってはその全てのイベントが、楽しいものではなかっただけだ。

「ま、向こうは楽しいものだったとして、昇華してるんだろうけどよ。それは全て俺の我慢の上で成り立っていたものだ」

『なにをさせられたんすか?』

「させられたっていうよりは、せざるをえなかっただけだ。親に恥をかかせる真似をしない、行儀のいい子供役をな」

やれやれ、とわざとらしく肩をすくめた。

「あいつらの人間性の根っこは、前に話した通りだ。箸一本落とすだけでも、落ち着いて食べろとギロリと睨む。コップを倒すなんて以《もっ》ての外。その場その場のマナーを守るのに必死で、家族での外食に気の休まる時間なんてなかった」

背もたれにどっしり身体を預け、天井を仰いだままハイボールを口に流し込む。それこそこんな無作法、あいつらの前では許されなかった。

「家の飯も、今日の夕飯はなんだろうな、なんて楽しみを覚えたことはなかったな」

『家でもそんな厳しかったんすか?』

「外食のときほどじゃない。奴らもテレビを垂れ流しながら、ゴチャゴチャ言うのに忙しかったからな。俺が箸を一回転がすまでに、百回は転がしてるんだ。人のことを言える身分じゃないって分別くらいはついてたんだろ」

こうやって振り返れば、まさに人の目を気にする生き方を地でいく奴らだった。

「ま、外食ほど気を張らないとはいえ、家での飯はそれはそれで気が滅入ったがな」

『気は張らないけど、気が滅入る？』

「ああ、なにせあいつらは、いっつも怒ってるんだ」

『この上なにを怒られることがあるんすか？』

「いいや、怒っているのは俺にじゃない。社会に向かってだ」

レナは意味を測りかねているのか。打音が鳴り止むその様は、まるできょとんとしているようだった。

「子供の虐待死やイジメを苦にとか。居眠り運転が突っ込んだり、ひき逃げが捕まってねーとか。企業が談合したり改ざんしたりインサイダーしたり。政治家の金銭トラブルから問題発言、芸能人の飲酒運転や、果てには不倫みたいなくだらねースキャンダルまで。

毎日のようにテレビで流れる、この社会で起こるあらゆる悲劇や不条理、問題にいつも怒ってるんだ」

あれは今となっては、滑稽すぎて笑える光景だ。

「けしからん、許せない、なんてことだって。自分たちに関係ないことなのに、まるで当事者のように憤る。そのくせ面白いことやめでたい話には、つまらなそうに鼻を鳴らすんだ。はしゃいでいる奴らを、こんなことで大袈裟だって小馬鹿にするようにな」

ハイボールを一口飲んで、喉をしめらせた。

「胸が苦しくなるほど心が痛んだとか、悪を許せないって正義感があるならまだ救いはある。でもな、あれにはそんなものはない。そんな素晴らしい精神があるなら、この悲劇を忘れるなとか、不条理を許すなとか、問題を解決しようとか、口だけじゃなくて行動に移すだろ？　でも、そんなことは一度もない。ボランティアどころか、自発的に募金すらしやしない。時間も金も割きたくないんだ」

『センパイの両親は、なにが許せなかったんすか？』

「気に入らないものにヘソを曲げる子供と一緒。ただ自分たちの機嫌を損ねるものが許せないだけなんだ」

この結論を曖昧ながらも胸に宿すも、言語化するのに十数年かかった。ならあんな親だから考えるだけ無駄な存在だと、無関心にすら達していた。

「機嫌を損ねるとわかっているものに、目を逸らすどころか光らせる。機嫌を損ねて怒ることこそが、自分たちの使命だとばかりにな」

『なんでそこまでして』

「あれはもうクセだ。そんな習性の生き物なんだよ。最初は本気で怒ってたのかもしれんが、テレビを点けてりゃ人の不幸は日常茶飯事。それが習慣になった結果、怒ることが目的になったんだろうな」

『怒ることが目的っすか』

「なにをそんなに必死になって、自分の機嫌を損ねてるんだこいつら……って。ガキんときは不思議でしょうがなかった」

　こうなった今なら割り切れる。そんなバカな生き物だから仕方ない、と。

「奴らにとっちゃ、それが生き甲斐、娯楽なんだからいいけどよ。毎日決まった時間に、ガミガミガミガミ、グチグチグチグチ聞かされるほうは堪《たま》ったもんじゃない。俺に向けられたものじゃないとわかっていても、気分が滅入るってもんだ。さっさとその場から立ち去りたいだけの飯時だった」

　あれはまるで、負の感情を吐き捨てるゴミ箱にでもなっているような気分だった。

「だからさっさと飯を掻っ込んだ。味なんて気にしちゃいないし、不味くなければそれでよかった。おふくろの味なんてものは、まるで覚えちゃいねー」

　味にこだわりだしたのは、自分で飯を作るようになってから。なにも気にせずゆっくりと食える環境を享受したおかげである。

「ま、そんなわけでテレビってのは好きじゃなかったな。クソ田舎だからろくなアニメも入らんし、一人のときはゲームやマンガ漬け。だからパソコン……ネットとの出会いは神だった」

今どきパソコンくらいは使えなければと、ある日突然、父親のほうがパソコンを買ってきた。店員の前で見栄を張った、おだてられて勧められたものを。ワードとエクセルくらいしか使う気がないのに、こんなスペックいらんだろ、という品だ。

そこでインターネット回線を契約し、さあパソコンを覚えるぞと挑んだのも三日坊主。俺が手を出さなければ、超高級なタイピング練習マシンとして、その役目を終えるところだった。あのときばかりは見栄っ張り《あんなおや》に感謝したものだ。

「好きなものだけを選んで、色んなものを見られる機械。自分の世界が一気に広がった気がしたよ」

どうやらそんな俺は、小学生ながらパソコンを使いこなしているように見えたらしい。だから好きなだけやらせてくれた。延々とネットサーフィンをしているだけだというのに、ブラインドタッチでカタカタしている姿、その形がよかったのだろう。

ネットの世界にどっぷり浸る土壌は、こうして生み出されたのだ。

「そんな広がった世界で、うちの親がマシな類だと知った。なにせネットには、人の不幸に脊髄《せきずい》反射で飛びついて、自分の気分を損なったって怒り散らす、当たり屋のような連中がうようよといる」

ネットに繋がるパソコンが、一家に一台あって当たり前ではない時代。今の時代と比べると、まだあの頃は平和と言えたかもしれない。それでも当時子供であった俺は、それこそ頭を鈍器で殴られたような衝撃、新たな価値観を得たのだ。

「はてにはこの気持ちに同情、共感できない奴は人非人。悪だとばかりに噛み付いてくる始末だ。こういうのはそれっぽい形を整えた、声の大きい連中に軍配が上がるからな。たとえ同情や共感ができなくても、そいつらにくだるしかない」

『ほんと、タチの悪い連中っすね』

「ああ。自分の思い通りにならない、機嫌を損ねるものが許せないだけだってのに、その自覚がまるでない。自分は素晴らしい人間なんだと信じ込んでいやがるからな」

あまりにも忌々しすぎて、それこそ機嫌を損ない肩を落とした。

「そうやって人の不幸を肴にして、皆一緒になって気分を損ねる真似をする。……ほんと、バカみたいだ」

なにが楽しくて、そんな真似をしなければならないのか。あまりにも滑稽であり……けれどそうしなければならないのが、この社会のモラルである。

「でもこれがこの国の美徳なんだからしょうがない。中身なんてなくていいから、形くらいは取り繕わんといかん。……そうやって形から入った結果、うちのモンスターみたいのが生まれるんだろうな」

あれはまさに、いい反面教師だった。こんな奴らにだけはならないと自分に誓った。

「俺は絶対にああならない。どうでもいい奴の不幸に、同情も共感もしない。機嫌を損ねるだけの不幸に、興味を向けない。抱かない。そう心に決めたんだ」

そういう意味では、俺の人間性はただあの親のもとで育ったからではない。

ネットという世界。匿名だからこそ吐き出せる、ろくでもない人の本音。その本質を知る機会を、幼い時代に得られたからだろう。

「だから人の不幸ってのは、笑えるくらいが丁度いいんだよ。笑っていられるうちは、自分の機嫌を損ねることはないからな」

第八話　盲目性偏執狂ノ傾慕④

季節が巡るのも早いもので、もう十二月。

大事にできないという縛りもあり、楓ちゃんの足取りは依然として掴めず。手がかりの一粒さえ手に入らない。

たとえ警察を頼れたところで、五ヶ月も経ってからの捜索だ。いくら子供が行方不明とはいえ、始まりは家出である。行方不明者届は年間八万件以上も受理されている。楓ちゃんのために割かれる人員なんて雀の涙だろう。

パッと思い浮かぶ方法は一通り検討したが、どれも期待はできないだろう。

結果として梛が打てた手といえば、信頼のおける人たちに事情を話し、楓ちゃんの写真を託して目撃情報を探すくらいだ。

梛の心労がたたっているのはわかった。わたしに心配かけまいと気丈に振る舞っていることも。

だからあえて、わたしからは楓ちゃんの話を出していない。なにか協力できることがあれば、いつでも言ってくれと伝え、一度だけ頼ってもらえたきり。楓ちゃんの話はほとんどわたしたちの間であがることはなく、それが進展のないというなによりの証明であった。

椛と楓ちゃん。二人のことは心配ではあるが、わたしにも日常、送るべき大学生活がある。気にかけながらも変わることのない日々を、今日まで送っていたのだ。

そう……なにも変わることのない日々なのだ。

楓ちゃんの話に進展がないようにまた、わたしの恋にも進展がない。

タマさんに恋をしてから半年は経つのに、未だお店の外に出られずにいる。

タマさんのことを知るのと、わたしのことを知ってもらう。当初の目的は達成しているのだが、そこから深いところへ進めなければ意味がない。

わたしは可愛い。それは自惚れではないと日夜ちやほやしてくる男性たちが教えてくれる。そして恋の遍歴、黒歴史がそれを証明していた。

しかし人間、外見だけが全てではない。わたしの罪つくりな可愛さなんて所詮、上っ面だけのものに過ぎなかったと思い知った。

内面、その人間性にこそ人を惹きつける真の魅力が宿る。

ドラマのような展開をもって、落ちてしまったこの恋。

始まりはタマさん自身を見たものではなかったかもしれない。けれど半年という交流を重ねる中で、ドンドンドンドンドン内面に惹かれていった。

タマさんはそこらの男とは、ひと味もふた味も違う。彼の前ではわたしなんて、見た目が可愛すぎるだけの小娘。中身が風船のように軽いから、一人の女として見てもらえず、幼子のようにしか扱って貰えないのだろうか。

それこそマスターのような、中身が成熟した女性が好みなのかもしれない。

だからといって、それが諦める理由にはなりえない。この恋を必ず成就させたいという、恋の情熱がこの胸には宿っているのだ。

ついこの間上京してきたと思ったのだが、振り返ればあっという間。今年もそろそろ終わろうとしている。こんなにも時が流れるのが速いのなら、女子大生としての余命はそう長くはないのかもしれない。恋をするだけで終わりを迎えそうな焦燥感すら覚えていた。

天性の可愛さ一つで、この恋を成就させることはできない。

最近になって、ようやくそれを悟ったのだ。

マスターから教えられた、人生の格言がある。

人間覚悟を決めれば、結果を残せるかはともかくとして、新しい道へと踏み出せる。人より得をしたいのなら、リスクを背負って進まなければならない。

本当に恋を成就させたいのであれば、わたしから踏み出さないといけない。求めなければばならない。その先で撥ね除けられるのは怖くても、恋が終わりを迎えるのが恐ろしくても、叶えたい望みには自ら手を伸ばさなければいけないのだ。

だからわたしは覚悟を決めたのだ。

今度のクリスマス、食事でもしませんかとお誘いする。マスターのお店、その外であなたに会いたいと願うのだ。

その先で上手くいかないことを今は考えない。

十二月に入った、初めての金曜日。

いつもは軽々と開く、日常と非日常の扉。今日はとても重く感じ、のろのろと重量物を動かすように開けたのだ。

「とまあ、ついに戦場へ赴くことが決まったわけだ」

「子供相手にそこまで言わせるなんて……みっともないわね」

「ふん、なんとでも言え」

「いい大人が恥ずかしくないの？」

「ファッキュー」

開き直るような得意げのタマさんと、それに呆れたようにしているマスター。忍び込むような静けさで扉を開いたためか、こちらに気づかず会話を続けている。

気になる会話であったが、堂々と盗み聞きするのは気が咎めた。

「こんばんは、マスター」

「クルミちゃん？　……って、もうこんな時間なのね」

マスターは腕時計に目を落とした。時間というものは進むものなのかと、すっかり忘れていたような口ぶりだ。

もしかして、と察して開いたままの扉から外に顔を向ける。店先の明かりはついておらず、扉横の看板はオープンにひっくり返っていなかった。

どうやら開店作業はされていなかったようだ。オープンから三十分も経っていたから、気づかずに入店してしまった。

「……ごめんなさい、すっかりオープンしてるものだと」

「気にしないで。お店を開けるのを忘れていただけだから」

優しい言葉をかけられたので、それならと迷いなく定位置へと足を伸ばした。

「こんばんは、タマさん」

「こんばんは」

微笑みかけるとタマさんもまた、緩んだ口元を見せてくれる。その様に今日もまた、メロメロのメロメロメロなのである。

注文をせずとも、一杯目であるジンフィズが差し出された。タマさんと乾杯すると、まずは世間話に花を咲かせる。

「もう十二月ですね。なんだか、実感が湧かないな」

「今年もあっという間だった、って？」

「だって今年が終わるまで、もう一ヶ月を切ったんですよ？　時間が流れるのって、こんなに速かったですっけ？」

「今からそんなこと言ってると、これから大変だぞ。なにせ時間ってのは、まだまだ流れるのが速くなっていくからな」

「これがもっとかー……大人になるのって、そういうことなんですかね」

「よくも悪くもな。でも残念なことに、嫌なことをしているときの時間だけは、いつまで経っても速くならないんだ」

タマさんはうんざりしたように、かつおどけながら肩を揺らした。

仕事のことを指しているのはわかったので、それがおかしくて笑ってしまった。

「好きなことをしているときはあっという間なのに、嫌なことをしている時間は長くなる。なんなんでしょうね、この現象って」

「俺たちの祖先が犯した罪。それに対する罰だよ」

「罰？」

「唯一課せられたルールを破ったせいで、食べるためには汗を流して働かなければいけない罰がくだったんだ。汗を流すってことはつまり、辛くて苦しい思いをすること。その時間があっという間に流れるんなら、大した罰にはならないからな」

タマさんの高説に思わず首が動いた。縦に振られたのではなく、横に傾げたのだ。

「そんな大層な罰、一体誰が与えたんですか？」

「罰をくだしてくるのは、今も昔も変わらない」

タマさんは皮肉げに口端を上げると、

「社会だよ」

人差し指を天井へ向けたのだ。

首を再び傾げそうになったところで、人差し指をさした意味。その意図に気づいた。

神様のことを指しているのだ。そしてわたしたちの祖先とは、アダムとイブを示しているのもわかった。

わたしの何気ない疑問、現象の正体を語るのに、創世記を引っ張り出したようだ。

「その罪は未だに許されることなく、こうして罰は続いている。社会のコントロールから外れた罪は、それほどまでに重すぎたんだ」

「そんな重たい罰に対して、人が得たものってなんでしょうね？」

「他人の目を気にする生き方と、責任の押し付け方だ。賢くなったんじゃなくて、小賢しくなっただけ。まさに悪い蛇が唆《そそのか》してきた一品なだけあるな」

タマさんはおかしそうに鼻を鳴らした。

「そもそも社会だって、自らに背いたことに怒ったんじゃない。恐れたんだよ。無法も続けば一つの法。自身の地位を脅かす奴らには、永遠に生きていられちゃ困る、って具合に罰してきたんだ」

「そういう捉え方をすると、なんだか偉そうな奴らですね」

「偉そうなんてもんじゃないぞ。秩序の管理を独り占めして、分かち合おうとしない。まさに独裁政権だ。そりゃあ野党も躍起になって、現政権を批判するわけだ」

「人の痛みを考えろ、ってですか？」

「いいや、羨ましい妬ましい。甘い汁の独り占めは許さんぞ、って」

わたしは口元を押さえながら噴き出した。発言もそうであるが、タマさんの半端に憤っている顔マネが面白かったからだ。

「そんな奴らが偉そうに運営している社会だ。だから俺たちが辛くて苦しい思いをしたときは、親と社会が悪いでいいんだよ」

最初からそれだけを言いたかったかのように、タマさんはあっけらかんと話を締めくくった。大層な話を引っ張り出しながら、世の中なんてそんなものだから、開き直って人のせいにしておけと言うように。

よく親と社会が悪いでいいんだ、なんて言い回しをするタマさん。その口ぶりには怒りや憎しみが感じられない。どうにもならないことに時間や労力をかけても、無駄に疲れるだけ。人生こんなものだと達観しているのだ。

やはりタマさん。他人からどう見られるかを気にしてばかりの、周りの大人たちとはひと味もふた味も違う。改めてそう思わされる一幕であり、その横顔に乙女のため息を漏らさずにはいられなかった。

タマさんへの想いはますます募るばかり。それに比例して、この恋が叶わないかもしれない恐れも強まっていく。

でも、このままではいられない。

いつまでも足踏みをしていたくはない。

覚悟は扉を開ける前に、十分に決めてきたのだ。

「そういえばタマさん、クリスマスはお仕事ですか？」

意を決して、わたしは本題を切り出したのだ。

異性にクリスマスの予定を聞くのは、意図が伝わりやすいもの。突拍子もなく切り出したせいもあり、『その日はあなたと過ごしたい』とこの想いがそれだけで伝わってしまったかもしれない。

タマさんは頬を緩ませると、

「いや、クリスマスは有給を取った」

既に定められた未来の楽しみを口にした。その顔はわたしの質問に訝しむことなく、心を察したものでもなかった。

恋は盲目であるわたしだけれども、『君のために』なんて含意をあるとは信じてはいない。

早速、出端《でばな》を挫《くじ》かれた。

落ち込みそうになるも、まだ希望はあると思い直す。

きっと友人とか、家族とか、なんかイベントとか、そういった予定のために有給を取ったのでは——

「当日どころか、二日続けて取れたのはほんとでかかった。これで心置きなく、性の六時間に挑むことができる」

自らへ言い聞かせてきた慰めは、その途中であっさりと切り捨てられた。

「タマ、それセクハラよ」

「あっ」

ぴしゃりとマスターに指摘されたタマさんは、慌てて口元を押さえた。こちらを横目で窺うその様は、わたしを不快にさせたかもしれない心配。同時に恥ずかしいところを見せてしまったという羞恥であった。

ハラスメントに抵触するかもしれない失言。普段からタマさんがその気遣いをかけてくれていることはわかっていた。

それほどまでに、タマさんは浮かれていたのだ。ついポロっと漏らしてしまうほどに。性の六時間。

その意味をわからぬほど、わたしは純真ではない。

「た、タマ、さん……彼女、さんが……おられる、のですか？」

喘ぐように切れ切れに言った。

引きつっているこの顔は、失言への不快、それに堪えているように映ってしまうかもしれない。タマさんほどの男性だから、すぐにその顔は申し訳なさそうなものへ変貌する。

「彼女……？」

そう信じ切ってさえいたのに、タマさんはキョトンとした。彼女とは一体なんなのか。

そんな禅問答に出くわしたかのようだ。

「そういや……俺たちの関係って、なんなんだろうな」

わたしそっちのけでタマさんは自問自答を始め、すっかり自分の世界へと入り込んでいった。

性の六時間。その時間でなにが行われるかは今更言わずもがな。一般的にどのような相手と楽しむかというと、夫婦や恋人だ。社会はそれ以外の相手とするのは健全と捉えず、不道徳とさえ断ずる。

タマさんは独身。彼女を相手にするのではないと言っている。かといって専門的なお店に行く感じでもなさそうだ。そして自問自答までするその様は、ただの遊び相手だとは到底思えない。

一体相手はどんな人なのか。

問わんと口を開こうとすると、

「タマ、今日は飲みすぎよ」

マスターがたしなめるように言った。

「変に口を滑らせて後悔する前に、今日のところは帰ったほうがいいんじゃない？」

今日の天気も晴れなのね、くらいの何気ない口ぶり。

タマさんはハッとしたような顔をすると、後ろ手で頭をかいた。バツの悪そうなものではない。それもそうだなと、素直に忠言を受け入れたものだ。

「ガミにこう言われちゃかなわん。今日のところはお暇《いとま》するよ」

コートをあっという間に羽織ったタマさんは、あっさりと帰っていった。

お店を出るときのマスターへの目配せは、気を利かせてくれた友情。それに対する感謝を示しているようであった。

ポカンとしながら、タマさんが出ていった場所から目を逸らせずにいる。

「クルミちゃん」

マスターに声をかけられなければ、いつまでもそうしていたかもしれない。

「金曜日の早い時間に来るのは、今日で最後にしなさい」

今日の天気の次は、明日の天気を告げるような語りかけ。傘の必要性を説かれ、思わず『わかりました、そうします』と頷いてしまいそうなほど。

「なんで、ですか?」

そんな忠言にわたしは目を丸くした。明日は快晴なのに、雨傘を持って行けと言われたら誰だって狼狽える。

「知りたい?」

「え？」

「一緒にクリスマスを過ごす相手が、タマにとってどんな子なのか」

真っ直ぐに見据えてくるマスターの双眸。まるでわたしの覚悟を問わんとしており、逸らすようではその資格はないと断ずるようでもあった。

咄嗟に首が動かなかったのは、悩んだからではない。覚悟を決める時間を要しただけ。

唾を飲み込んでから口を開くと、

「……はい」

「堕ちるときは一緒だぞ。そんな台詞を差し出して、背負い込んだ子よ」

マスターはあっさりと答えを差し出してくれた。

堕ちるときは一緒だぞ。

恋する乙女として、そんなロマンチックな台詞を差し出されようものなら、メロメロのメロメロなんてものではない。ロミオとジュリエットのような未来が待っていたとしても、迷いなく全てを差し出せるだろう。

……ただし、その台詞を差し出されたのはわたしではない。

それが意味するものは言うまでもない。

「クルミちゃんも、ほんと男運がないわね」

マスターは同情するように苦笑した。

「よりにもよって、タマなんかに恋をするなんて」

この身に宿った恋心。今日までマスターは触れてこなかったが、とっくにお見通しだったようだ。

我が恋の遍歴、黒歴史は全てマスターに語り尽くしてきた。

だから五度目の正直。初めてまともな人に恋をしたというのに、タマさんには既に相手がいた。そんな叶わぬ恋をしたことに、ようやく掴んだまともな恋が潰えたことに、こうやって哀れんでくれている。

「あんな男とくっつこうものなら、輝かしい未来が台無しになるところだったわよ。ろくでもない者同士がくっついたおかげで、そうなることはなかったけど……そういう意味でクルミちゃんは、あの子に救われたみたいなものね」

おかしそうにしている顔が、そうではないと告げたのだ。

あんな男。

ろくでもない者同士。

タマさんへの恋は、五度目の正直でもなんでもない。今回もまた外れを引いた。黒歴史にまた、新たな一ページが追加されるところだったと言っているのだ。

「タマさんが……ろくでもない？」

　およそタマさんに似つかわしくない表現に、わたしはただ困惑するばかりだ。

「……驚いたわ。ろくでもない様をあれだけ見せつけられておいて、気づいていなかったの？」

　マスターの大きく見開いた目は信じられないもの、それこそ宇宙人を目撃した……いや、マスターのことだから、きっとそのくらいでは狼狽えないだろう。だからマスターの驚きは、あってはならないものを見たものだ。

「キッカケはあれだから、タマへの恋は事故として片付けるにしても……ストックホルム症候群でもここまで酷くないわよ」

　顎に手を添えたマスターは、マジマジとわたしの顔を覗いてくる。

「恋は盲目とは言うけど、こんなに酷いとは思わなかったわ」

「そ、そんなに酷いですか？」

「てっきり不良を好きになる感覚で、タマを見ているのかと思ったもの。真面目くんとは違う、悪いところに魅力を感じるってね」

「悪いところ……？」

　価値観の違いを見せつけられたかのように唖然とした。

「タマは非の打ちどころがないほどに、ろくでもない大人よ。それこそクルミちゃんの恋の遍歴。過去の黒歴史全員がかかってきても、太刀打ちができないほどのね」

世界の真理を諭すようにマスターは言った。

信じられないたとえをされ、口を開くも喉は音を鳴らせない。

わたしの恋の遍歴、黒歴史。全てを足してもタマさんには届かない。

だって半年だ。週に一度とはいえ半年近く、わたしはタマさんを見てきたのだ。沢山の言葉を交わしてきた。どれだけ思い出をたどっても、タマさんに悪い部分は見つからない。歯に衣着せず物事を語ってくれる様は、他とはひと味もふた味も違う魅力を感じさせてくれた。

マスターはそんなタマさんを、ろくでもない様を見せつけてきたと言い表した。

恋は盲目。

五度目の正直、初めてまともな恋を手にしたと思ったのに、

「タマはあれで、何千人もの足を引っ張り、何百人もの人生を狂わせ」

結局、今までと変わらない。

「人を死に追い込んでおいて、ざまぁみやがれ、って笑っているような男なのよ」

偏執的なまでの贔屓目は、真実を真実のまま見られていなかったのだと告げられた。

第九話　ずっと、終わらない夢を見ていたい

十一月下旬。

最近、時間の流れがとても速く感じるようになった。

それはきっと、毎日があまりにも楽で楽しくて、そして幸せだから。湯水のように時間が流れてしまうのかもしれない。早く夜になってほしいと焦がれ続けていた、文野家での日々とは大違いである。

今年も残り僅か。この調子だとホラーハウスでの年越しも、あっという間に過ぎ去ってしまうのかもしれない。

センパイはわたしにとって、初めからセンパイだった。社会的に見たらろくでもないと評される人である。でもわたしにとって唯一心が開けて、楽しいを与えてくれる、どこまでも都合のいい《かけがえのない》大人である。

わたしの不幸。そのバランスを取るために、世界が配布してくれた心の支え。だからこんなにも依存《あい》してしまい、無心に身を任せてきた。

でも、センパイは最初からそうなるように、ポン、とこの世界に降って湧いてきたわけではない。

センパイの両親は毒親でこそないがクソ親だった。親ガチャは大爆死だと鼻で笑った。そんな両親のもとで育てられ、その先で大人になった。

目を向けていたセンパイの過去はそれだけで。センパイがわたしのことをわかってくれているように、わたしもセンパイのことをわかった気でいた。

なんでセンパイがこんな大人になったのか、まるでわかっていなかったのだ。

それを知ったのは、食後のバトルロワイヤルゲームを三連戦し、一区切りつけていた休憩中。

「ん……？」

センパイはふいに喉を鳴らした。

「うお、マジかよ！」

驚愕というよりは、それは驚嘆に近い。

わたしの位置からは、パソコンチェアに座るセンパイの背中しか見えない。どんな表情を浮かべているかはわからないが、モニターを食い入るように見ている。「お」とか「ほう」など、感心するように度々唸っているのだ。

「どうしたんですか？」

「夏頃、教室で同級生を刺し殺した、って騒がれてた事件は覚えてるか？」

「はい。そんな事件もありましたね」

　最近は簡単な返事は、意識せず自然と口で答えるようになっていた。

　この家のテレビは、基本的にはそこにあるだけのオブジェである。かつては深夜アニメを見るために使っていたようだが、今はネットで月額見放題の時代。元々テレビは好きではないと語っていただけに、今はコンセントすら抜かれている。

　ニュース番組をテレビで見る機会はない。その手の情報はネット記事やSNSのトレンドで、気になった見出しがあればクリックする。受動的ではなく能動的だからこそ、情報が偏っている自覚はある。

　それでもセンパイの言う事件については、詳しいほどではないが概要くらいは知っていた。

　イジメ被害者が加害者を刺殺。学校側がイジメを見て見ぬふりをしていたこともあり、SNSでも大きく騒がれていた事件だ。

「あれが起きたの、実は俺の母校なんだよ」

「え……」

「どうやら今回の事件のせいで、校長が首を吊ったらしくてな。死に場所が面倒を起こした奴の教室とか、まるであんときの再現じゃねーか」

「再現?」

「俺んときも、うちの教室で校長が首を吊ったんだよ」

センパイは悲しむでもなく、嘆くでもなく、

「どこまでいっても、あの学校は不良品が集まる在庫市ってか。過去からなにも学ばないから、こんなことになるんだよ」

ただ機嫌がよさそうにせせら笑っていた。

丁度開いていたSNSのトレンドに、今回の事件、その記事が上がっていた。開いて真っ先に目がついた、『八年前の再現』『悲劇を模倣』という単語。

八年前。逆算するとその悲劇というのは、センパイが高校三年生の頃に起きたことになる。

「センパイのときも……これと同じ事件が?」

「いや、少し違う。俺のときは順当にあいつが……虐められていた側が首を吊ったんだ」

懐かしむように、センパイは死者を『あいつ』と指した。クラスメイトなのは当然として、その間柄、故人とはどれほどの仲であったのか。

それを測れず、声だけではなくキーボードに乗せている手も、どう切り出せばいいのか戸惑った。それでも意を決しておずおずと口を開いた。

「仲が……よかったんですか？」

「いいや、まったく。ただの同じ箱に詰められただけの他人だよ。あんな事件が起きて覚えたのは、クラスメイトが自殺した驚きと、面倒なことになったっていうため息だけだ」

センパイが漏らした息は、乾いた笑いのようだ。

「それがふざけんなテメェ、ってなったのが、あいつの遺書が出てきてからだ」

「……なにが書いてあったんですか？」

「あいつを死ぬまで追い込んだ奴らの所業と、俺がそれを見て見ぬふりをしたっていう糾弾だ」

肩越しに振り返ったセンパイの横顔は、困ったことにな、と苦笑していた。

センパイはそうして、その事件でなにが起きたのかを語ってくれた。

過ぎ去った過去、思い出話を懐かしむかのように。人の死、悲劇を扱うのに似つかわしくない軽快な語り口だ。

前に高校では色々とあったと言っていたが、まさかここまでのこととは。話をまた今度と、あのとき語らなかったのも頷けるカロリーの高さだ。

昔の悪事を武勇伝のように誇っているのではない。センパイは自分のしたことを、社会の住人がどのように受け止めるのか。正しい形で理解している。

「怖いか？」

だから話の終わり。口も手も動かせず呆然としているわたしに、センパイは問いかけてきた。

怖い。それはどれを指してのことか。

目の前で虐められていた同級生を、平気で見て見ぬふりをしてきたことか。

はたまた、一度追い込まれたら手段を選ばず、徹底的にやる容赦のなさか。

……その先の結果に、罪の意識もなくこうして平然としている様か。

どちらにせよ、わたしの答えは決まっている。

『いや、流石センパイっす。人生で一人くらいは殺しているかと思ってたっすけど、まさか四人も仕留めていたとは』

レナファルトとして手を動かすだけである。

『こんな背中に学んできたことを考えれば、じゃあ無敵の人になるか、となるのも残当っすね』

「はは、それもそうだな」

顔を見合わせたわたしたちは同時に噴き出した。

『そうして地元にいられなくなったセンパイは、高飛びしたわけっすか』

「俺の雄志をあいつに告げたら、泣いて喜んでくれた。おまえはこんな辺境に収まっていていい器じゃない、って都入りの準備と資金をくれたよ」

あいつとは、父親のことを指しているのだろう。

世間体をなによりも大事にする人だから、息子が裏でそんなことをしでかしたことに、恐れ慄いたに違いない。

「一年前、いきなりあいつから連絡が来た」

『なにかあったんすか?』

「過去のことを水に流して、お互い歩みよらないかってさ」

『今頃になってってすか?』

「どこどこの誰々が事故を起こしたとか、失敗したとか、不幸があったとか、負の噂がすぐ広まるようなクソ田舎の公務員だからな。母親の七回忌にすら顔を出さない息子ってのは、噂話で盛り上がる絶好の肴だ。陰で散々言われてるらしいな」

『ようは世間体のために、やり直したいってことっすね』

「ああ。世界で一番大事なものを取り戻したいってわけだ」

センパイはくだらないものを吐き出すように鼻を鳴らした。

「ま、当然俺は『知るかバーカ！』って罵声をかけて、どれだけ下手に出られても『うるせー、くたばりやがれ！』って吐きかけるわけだ」

『いやいや、子供のケンカっすか』

「大人の対応なんざ、してやる価値もねー相手だからな」

『クソ親あるあるの伝家の宝刀、育ててもらった恩を！　は抜かれなかったんすか？』

「もちろん、抜かれたさ。余裕で斬り伏せてやったけどな」

『センパイはなんて切り返したんすか？』

「テメェのようなクソ親のもとで、十八年も息子をやってやったんだ。感謝しやがれ！」

『センパイちょっと無敵すぎませんか？』

「ここは銃弾が飛んでこない安全圏だからな。モラルを犯した制裁がないなら、怖いものなんてなにもないだろ？」

ニヤリとセンパイは口端を上げた。

「なにより感謝の念ってのは、自然と湧くもんだ。求められて差し出すもんじゃない。それは俺に目をかけてくれたリーダーと、引っ張り上げてくれた上司のおかげで学んだんだよ」

『いい人たちだったんすね』

「生まれて初めて、人に恵まれたと思ったくらいにはな」

センパイは照れくさそうに言った。

「だから親に恩義を覚えるってのは、ガチャに成功した奴の特権だ。俺は失敗してるからな。爆心地となった感謝の泉は、今も昔も干からびたままだ」

センパイはやれやれと両手を広げた。

社会のルールとモラルを大事に尊ぶ者ならば、センパイの言い回しは誰もが不快になるだろう。それでもこの社会の住人かと糾弾するのだ。

わたしにとってセンパイは、初めからこのような大人だった。

子供から大人へ。どのような経験、人生を経てこのように成長したのか。その前日譚を、改めて知ることとなった。

元よりセンパイにとって親子の情などない。手切れ金を貰って上京した際に、センパイの中で親子の縁は完全に断ち切られたのだ。クソ親からの解放、枷が外れたと言えるかもしれない。

また今度と言われた学生時代の騒動も、こうして知ることもできた。

センパイの人格形成を担った子供時代。語れるものがあるとすれば、一通り語られたのかもしれない。

でも……これが全てだと思いたくなかった。

『もし子供時代に戻れるなら、センパイはどの時代に戻りたいっすか？』

「それはタイムリープで俺ＴＵＥＥＥ系的な話か？」

『一番楽しかった的な話です』

「んー……そうだなー」

過去を遡りながらセンパイは唸りを上げる。話の切り出し方が突拍子もなかったにもかかわらず、真面目に考えてくれている。

期待していた。この胸のモヤモヤを解消できる答えが、記憶を掘り起こした先にあるはずだと。

けれど、十秒、二十秒と時間が流れても、センパイは唸り続けている。それは甲乙つけがたい思い出に悩んでいるのではない。

「特にないな」

思い至らなかったのだ。

『いやいや。センパイは自分と違って、学校はちゃんと通ってたんすよね？　非モテの星なりに野郎どもとのネチョネチョした、汗臭い思い出くらいはないんすか？』

「んな気色の悪い思い出なんざねーよ」

『痛いところを突いてすんません。……まさかセンパイが、ボッチだったとは』

「別にボッチってほどでもないぞ？　学校ではクラスメイトとはうまくやってたし」

煽るような指摘にも、センパイはなんともなさそうに返してきた。

「でもまあ、休みや放課後まで学校の誰かといるっていうのは……なかったかな。特に中学へ上がってからは、ネトゲにどっぷりだったし」

『あれ、ガミさんとは？』

「ガミは友達ってよりは、腐れ縁だったからな。学校ではつるんでたが、それ以外はさっぱりだ。むしろこっちで再会したから、付き合いがこうして深くなったくらいだ」

『それじゃあ学生時代、ガチでリア友いなかったんすか』

「ま、そう呼べる奴はいなかったのは確かだな」

あっさりとセンパイは認めた。自嘲気味でもなく、強がりの裏返しでもない。

考えてみればそうかもな、と。

わたしの中で重く渦巻いていた想像が確信に変わった。

……ああ、やっぱり。

センパイは……幸せを知らないまま大人になった人なのだ。

毒親や貧困に苦しむ子供たちと比べれば、恵まれた家庭で育った。けれど中身のない形、身勝手なろくでもない想いだけを存分に浴びてきたセンパイに、家族愛という花が咲くことなどはない。家庭内での幸せというものを、ついぞ得られることはなかったのだ。

それだけではない。

尊敬できる教師も、

信じ合える友人も、

愛を育める恋人も、

人間関係の中でこそ紡がれる想い。その幸福を一度も得ることなく、大人になってしまったのだ。

人生における転換期も、大きな挫折も、目を覆いたくなる失敗もない。代わりにわたしですら持っている、戻れるのなら戻りたい幸せな日々が一度としてなかった。

ぬるま湯になった途端、頑張りたくないと言ったセンパイ。でもそれは頑張りたくないのではなく、頑張るほどの目的を人生に見いだせなかったのだ。

真面目に生きていれば報われる。それが幻想だと知っているから。

どれだけ必死になったところで、社会から得られる糧など知れているから。

だからセンパイは、社会の示す幸せを得たいとすら思っていないのだろう。

幸せになるのが怖いわけでもない。

幸せになれないかもしれないことを恐れているのでもない。

幸せを得た先でそれを失うかもしれないことに怯えているわけでもない。

幸せを情報として知っているだけで、自分が得たことがないから。苦労してまで得るものではないと、経験がないからこそ達観してしまったのだ。

これこそが自分の人生だ、と傾倒できるものがあればまだよかったが、センパイにはそれすらもない。未来への希望も夢もなく、とりあえず楽で楽しいもので人生《いま》を満たしている。

センパイの人間性は、わたしのよく知る通りであった。裏もなければ闇と呼べるほどのものもない。人並みに恵まれながら、幸せを得る機会がなかっただけの人。

……胸が苦しくなるほどに、それが悲しかった。

可哀想な人、という形に当てはめられるほどの不幸ではない。センパイみたいな人は、この社会では珍しくはないのかもしれない。同情されるほどの人生でもないと、本人は思っているのだろう。

それでも幸せな時代があってほしかった。

幸せを分かち合う相手がいてほしかった。

いっそ大きな挫折でもあれば、まだ傷を舐めあえたかもしれないのに。センパイには傷を負う余地すらなかった。

　頑張らなければいけなかった理由はあっても、頑張りたい理由が一度としてない。

　こんなわたしでも、幸せな時間だった、と呼べるものがあったから。センパイがそれを知らないのが、とても悲しかったのだ。

『センパイが桃色とは無縁なのは知ってたっすけど、まさか友達ゼロ人だったとは。画面と向き合い続けてきた青春は、まさに無味乾燥な日々っすね』

「おまえ、ブーメランって知ってるか?」

『友だけではなく愛する者も得られず、ネットに毒され続けてきた子供時代。純真だったその心はいつしか歪み、他者の幸福に僻《ひが》み妬みを募らせるようになった。その果てにリア充陽キャの不幸を願い請うさまは、もう人としての心を失ってしまっている』

　この手は自然と、いつものように動いていた。

『まさに聞くも涙語るも涙の、陰キャモンスターの誕生秘話っしたね。自分、涙がちょちょぎれんばかりに悲しいっす』

「もう一度聞いてやる。おまえは俺をなんだと思ってやがる」

『クリスマスが近づくと、必ず呪術師に転職する人』

「クリスマスは本来、家族と過ごす大事なイベントだ。日本じゃそれが、恋人と過ごす日。

それができない奴は、人生負け組なんて価値観すら根付いてやがる。その本質を忘れるどころか知ろうともしない有様だ。悪貨は良貨を駆逐するとは、まさにこのこと。正しい文化を後世に残すことが、正しい社会の在り方だ。クリスマスを勘違いした愚者共には、失敗と祝福あれ！」

『失敗と祝福？』

「性の六時間に生の誕生」

『流石クリスマス負け組。常勝無敗』

今動いているのはレナファルトの手でありながら、突き動かしているのはレナファルトの想いではない。

『素直に破局を望まない辺り、祝福の捉え方がひねくれているっすね』

なにせレナファルトはお調子者だ。こんな望みを自ら得ようとしても、そのらしくなさに手が止まってしまうのだ。

『でも今回は、祝福は望まないほうがいいっすよ』

「なんでだ？」

『今年のセンパイは勝ち組っすから』

「は？」

肩越しに振り返ってくるセンパイの目を、真正面から捉える。

……うん、大丈夫そうだ。

今のわたしなら臆することなく、日和ることなく告げられる。

『だって』

むしろどんな顔をするのだろうと楽しみですらあった。

その感情は堪えることをせず、

「センパイには、わたしがいますから」

文野楓としてこの口は動いてくれたのだ。

センパイは大きく目を見開いた。

この口から告げられた言葉、その意味をすぐに受け取ったのだ。レナファルトの手が紡いだものではないからこそ、思惑を測りかねているのかもしれない。

吐息すらもらさず、わたしたちは見つめ合う。先に目を逸らしたほうが負けみたいな空気感だ。

いつもならわたしが負けるところだが、今日は負ける気がしない。

「あっ……と」

先に喉を鳴らしたのはセンパイだった。

重たいものではない。それでもなんともいえないこの空気に、音を上げてしまったようだ。気恥ずかしさに飲み込まれたのか、熟れたリンゴのように紅潮していく顔を見せてくれた。

自らの放熱を感じ取ったのか。センパイはモニターに顔を向けた。その姿があまりにもわざとらしく、

「ふふっ」

勝った、なんて満足感に満たされていた。

わたしにとって、センパイは特別な人だ。自らに宿った依存心を、真の恋や愛と定義してしまうほどに。

これは楽で楽しいだけを与えてくれる、都合のよさから生まれてきた想い。身勝手な自己愛に等しいものだ。

唇を合わせたいのも、身体を重ねたいのも、盲目的に恋人ごっこに耽って、戻れないところまで依存《あい》したいだけ。それがセンパイの欲望を満たすのに繋がるのなら、後ろめたさを覚える必要もない。お互いの望みを叶えるのに、凹凸が綺麗にはまっただけの話である。

でも、今はそれだけではない。

わたしは自分の幸せのためだけではなく、センパイの幸せを望んでいた。

与えてあげたいなんて、偉そうにするつもりはない。

欲望を満たすためのものではない。人と人の間でこそ紡がれる幸せ。あれがどれだけ素晴らしいものであるかを知っているから、一度くらいはセンパイにも知ってほしかった。

堕ちるときは一緒。そんな人生を選ばせておきながら、頑張らなければいけないのではない。センパイの頑張りたい理由になりたかった。

だからまずは、形から入りたいと思ったのだ。そこで中身が生まれれば上々である。

『センパイ』

なにかの拍子であっけなく崩れ落ちるほどに拙い足元。そんな道を進んでいるのだから、明るい未来なんてきっとない。踏み出しているのはいつだって、不確かな明日だけ。この夢がいつ醒めるかなんてわからない。

それでもわたしは改めて願ったのだ。

この人の側でいつまでも、

『今年のクリスマスは楽しみっすね』

「……そう、だな」

ずっと、終わらない夢を見ていたい。

第十話　盲目性偏執狂ノ傾慕⑤

半年も続いた恋は、想いを告げることなく終わりを迎えた。

堕ちるときは一緒だぞ。

直接そんな言葉を差し出すほどの相手がタマさんにはいたのだ。

わたしの恋は端から叶わないもの。それを思い知らされて、心が折れて諦めてしまったのだ。だからといって、終わったらすぐに次、と心が切り替わるものではない。

半年近くも恋をしてきたのだ。タマさんのことはしっかりと引きずり、新たな恋を探すかという気分にはなれない。お試し彼氏はすぐに作れるが、しばらくはそんな気にはなれそうになかった。

潰えたこの恋。

タマさんの顔を思い出しては、毎晩枕を濡らす日々。ということはなく、悶々とした想いだけを抱え込んでいた。

『人を死に追い込んでおいて、ざまぁみやがれ、って笑っているような男なのよ』

あの日、マスターに告げられたタマさんの人間性。

過去になにがあったかまでは教えてもらえなかった。それでもわたしを諦めさせるための嘘ではなく、本当にあった真実であることは感じ取れた。

批判、糾弾を恐れて、誰もが胸に秘めている人間の本音。社会のルールとモラルを大事に尊ぶ者ならば不快になることを、歯に衣着せずタマさんはいつだって語ってくれた。

人間の本音、本性に目を向けずして、問題の本質にはたどり着けない。誰もが目を背け、小綺麗に飾り付けた装飾を剥がして、面白おかしく話してくれるのだ。

わたしにとって、そんな話の数々はどれも新鮮で、面白くもあり興味深かった。いつしかそれを、もっともっとと求めるようになり、酔いしれてすらいた。

まさにおまえは酔っていただけだと、マスターに突きつけられたのだ。

タマさんはまともな大人ではない。

非の打ちどころがないほどにろくでもない男。

恋の遍歴、黒歴史を束ねても敵わないほどの人間だと。

実感は未だに湧かない。

けれどマスターが突きつけてくれた現実も、また無視できぬもの。

だからタマさんへの好意は以前と変わらずとも、枕を濡らすのではなく悶々としてしまっているのだ。

マスターのお店には、あれ以来通っていない。

いつもなら椛に泣きつくところであるが、楓ちゃんの件もある。わたしの恋なんかより、よっぽど泣き出したい重たいものを抱えていた。

椛を真似するように、わたしもまた気丈に振る舞っている。

週に一度は必ずご飯を共にして、身の回りにあった差し障りのない話だけをしながら、上辺だけをなぞるように椛とは過ごしていた。

大学生活も相変わらず。最近はクリスマスを前にしたこともあり、聖夜のご褒美を求められ誘われる日々だ。それを全て袖にしながら、大学で築いた交友関係からもたらされた、クリスマスパーティーのお誘いを受けていた。

キラキラ華の大学キャンパスライフ。その青春を楽しむ以上に、気を紛らわすイベントを望んだのだ。なにせその日の二十一時から翌日の三時までにかけて、想いを断ち切れぬ男性が聖夜を楽しむのだ。一人部屋にいようものなら、今度こそ泣き出してしまうかもしれない。

当日のクリスマスは、無闇に楽しみながら、無事乗り越えることができた。

語ることは多くない。会場の彩りとしてお呼ばれした、ただ楽しいだけのパーティーだ。

目が覚めるとそこは知らない部屋で、生まれたままの姿で、隣には知らない男性が眠っている。記憶を失くしているわたしは、一体なにをしたのだろうか……。

ということはない。

自分の部屋、ベッドで一人目を覚まし、タクシーで帰ってきた記憶は残っている。少々飲みすぎたこともあり二日酔いではあるが、大学生としては健全な類であろう。

渇いた身体に水分を補充し、シャワーを浴びて、ようやく一息ついたところでスマホを手に取った。

梳からメッセージが四件届いていた。

昨晩届いたものだ。マナーモードにしていたこともあり気づかなかった。

着信履歴もないし、大した用件ではないだろうと開くと、

「嘘っ……！」

誰もいない部屋で叫んでしまった。

そこに書かれていた一文は、それほどの威力を放ったのだ。

『楓を見つけた』

半年以上も行方不明になっていた楓ちゃんを、ついに見つけたというものである。

一切の足取りを掴ませず、行き先のヒントになるものも残さなかった。身体がどうこう

いう前に、命の心配をしなければならないほどだ。

そんな楓ちゃんがついに見つかった。

安堵の息が出ることはない。その続きがあったからだ。

『男と歩いていた』

『楓が』

『私を見て逃げた』

声が、そのまま失われた。

生きていただけで嬉しいが、男と歩いていたという一文は、胸を抉《えぐ》るに十分なほどの現実だ。

わかってはいたのだ。

楓ちゃんのような子供が、家出をした先でどうやって居場所を作るのか。どう維持するのか。……なにを対価に差し出しているのか。

椛に似た妹だ。誰もが喜んで、対価を求めてその手を差し伸べるだろう。

社交性が壊滅的な女の子が、姉に助けを求めようとせず、そんな手段で他の逃げ道を見出したのだ。

一人の男の家に留まっているのか。はたまた渡り歩いているのかはわからない。

問題は椛の顔を見て逃げ出したということ。家に戻るより、今の生活を本人が望んでいるということだ。

それがどれだけ、椛にショックを与えたか。

『だからね、お友達がしなければいけない心配は、生きているか死んでいるか。綺麗とか、汚れてしまったとかじゃないわ』

ふと、かつてのマスターの言葉を思い出した。

『どちらにせよお友達は、辛い思いをすることになるわよ』

まさにその心配が、現実になっていたのだ。

すぐに椛へ電話をかけるも繋がらず、かつてのように不用心に部屋を飛び出した。

階段を駆け上がり、真上の部屋のチャイムを鳴らすも反応はない。鍵はかつてと違い、しっかりとかかっていた。

階段をもう一往復してから、鍵を刺してくるりと解錠した。こんなこともあろうかと、椛になにかあったときが心配だから部屋の鍵を預かっていたのだ。

靴を揃えるなんてマナーは守らない。脱ぎ散らかしながらリビングへ駆け込むと、まずはホッと息をついた。

ソファーの上で椛が眠っていたからだ。

帰ってきてからそのまま着替えなかったのだろう。コートだけがその床に脱ぎ捨てられていた。

楓ちゃんを見つけて、男と歩いており、そして逃げられた。

その悲哀からなにも手につかなかった。机の上や周囲に転がっているものが、そうではないと示していた。

何本もの鉛筆や消しゴム、鉛筆削りやカッターナイフ。その他、わたしでは正式名称がわからないような道具の数々。

自らに融通が利かない椛とはいえ、勉強一筋な無趣味というわけではない。

鉛筆画。昔からそれを趣味として続けており、腕前はかなりのものである。それこそ中高時代では、人気者の椛に描いて貰えるのが、一つのステータスになるほどの。

本人いわく、幼い頃の夢は画家だった。けれど父親の背中を見て、子供心に許して貰えないのはわかっていたとのこと。時間も有限。道具の準備や後片付けを考えて、気軽に描ける鉛筆画が一番性にあっていたらしい。

昨晩受けたショックの現実逃避として、なにか絵でも描いたのだろうか。

そんなことはありえない。椛の性格はよく知っている。

なぜ、絵を描いたのか。その答えは目の前に置かれていた。

テーブルに広げられているスケッチブック。徹夜で描きあげたであろう椛の作品が、そこに広がったままになっている。

床に散らばった破り捨てられた紙や、削りカスを踏みつけながらも、わたしはそれを覗き込んだ。

「嘘……」

本日二度目に吐き出した言葉。今度は叫声となることなく、丸くした目から零れだすようにぽつんと漏らした。

五度目にしてわたしは、社会のルールとモラル。どちらにも外れない、まともな恋を手にしたと信じてきた。

けれどそれは違うと断じられた。

今回の恋はかつての黒歴史がまとめてかかっても敵わないもの。恋が実らずによかったとすら諭された。

非の打ちどころがない、ろくでもない男。

「タマ、さん？」

恋は盲目。

そんな盲人の目にも映る形が、その現実に描かれていたのだ。

あとがき

自宅警備員、雇用継続ということでお久しぶりです。二上圭です。

いきなりウェブ版の話となりますが、二〇二二年一月に無事完結。消化不良のない最後を書ききることができました。その上で構成を見直し、書籍として世に送り出す機会を下さったマイクロマガジン社様。改めてここにお礼申し上げます。

担当編集者様。前回に引き続き、原稿の提出期限を破ってしまい、大変ご迷惑をおかけしました。ウェブ版の完結を優先させて下さったおかげで、納得のいく物語を書ききることができました。本当にありがとうございました。

イラストレーターの日向あずり様。拙作のために描いて下さったものが、いつもモチベーションを高める力となっております。最高のイラスト、ありがとうございます。

そして読者の皆様。こうして作品を手に取って下さり、本当にありがとうございます。また次巻でこうしてご挨拶をできることを切に願っております。

引き続き自宅警備員をよろしくお願いいたします。

ファンレター、作品のご感想をお待ちしています!

【宛先】
〒104-0041
東京都中央区新富1-3-7　ヨドコウビル
株式会社マイクロマガジン社
GCN文庫編集部

二上圭先生 係
日向あずり先生 係

【アンケートのお願い】

右の二次元バーコードまたは
URL（https://micromagazine.co.jp/me/）を
ご利用の上、本書に関するアンケートにご協力ください。
■スマートフォンにも対応しています（一部対応していない機種もあります）。
■サイトへのアクセス、登録・メール送信の際の通信費はご負担ください。

本書はWEBに掲載されていた物語を、加筆修正のうえ文庫化したものです。

GCN文庫

センパイ、自《じ》宅《たく》警《けい》備《び》員《いん》の雇《こ》用《よう》はいかがですか？ ②

2022年4月25日　初版発行

著者　二《ふた》上《がみ》圭《けい》

イラスト　日向《ひゅうが》あずり

発行人　子安喜美子

装丁　AFTERGLOW
DTP／校閲　鷗来堂

印刷所　株式会社エデュプレス

発行　株式会社マイクロマガジン社
〒104-0041　東京都中央区新富1-3-7　ヨドコウビル
［販売部］TEL 03-3206-1641／FAX 03-3551-1208
［編集部］TEL 03-3551-9563／FAX 03-3297-0180
https://micromagazine.co.jp/

ISBN978-4-86716-278-1 C0193